SANS FAMILLE

HECTOR MALOT

SANS FAMILLE

Adaptation de Rémi Simon
Illustrations de Patrice Douénat

CHAPITRE I

Sans famille

Je suis un enfant trouvé.

Mais jusqu'à huit ans, j'ai cru, comme tous les autres enfants, que j'avais une mère, car lorsque je pleurais, il y avait une femme qui me serrait dans ses bras en me berçant, si doucement que mes larmes s'arrêtaient d'elles-mêmes.

Souvent, elle me chantait une chanson dont je retrouve encore aujourd'hui, dans ma mémoire, l'air et quelques paroles.

Nous habitions Chavanon, qui est l'un des plus pauvres villages du centre de la France. Pauvre non pas par la paresse de ses habitants, au contraire, pauvre par la pauvreté du sol, où il y a plus de pierres que de terre. Et à l'époque dont je vous parle, il n'y avait pas encore d'engrais pour amender la terre. Pourtant, notre maison se dressait dans un endroit agréable, près d'un repli de la rivière, où poussaient de grands châtaigniers et de beaux chênes, entourant d'étroites prairies.

Je n'avais jamais vu d'homme dans cette maison, et

pourtant, ma mère n'était pas veuve. Son mari était tailleur de pierres et, comme bien d'autres hommes de la région, travaillait à Paris où il y avait de l'ouvrage. Il n'était pas revenu au village depuis que j'avais conscience de ce qui m'entourait, mais il envoyait de temps à autre de ses nouvelles par un de ses camarades qui rentrait au pays :

«Mère Barberin, disait ce camarade, votre homme va bien. Il m'a chargé de vous dire que l'ouvrage marche fort, et de vous remettre l'argent que voici. Voulez-vous compter ?»

C'était toutes les nouvelles qu'elle en avait. Il ne faut pas croire pour cela qu'elle s'entendait mal avec son mari, non, mais c'était à Paris qu'il y avait de l'ouvrage. Quand il serait trop vieux pour travailler, il reviendrait au village passer ses dernières années près de sa vieille femme et tous deux vivraient de l'argent amassé, tranquillement, en attendant la mort. C'était ainsi, en ce temps-là.

Seulement, un jour du mois de novembre, un homme que je ne connaissais pas arriva, et, par-dessus la barrière, me demanda si c'était bien là qu'habitait la mère Barberin. Je lui dis d'entrer. Il poussa la barrière et pénétra dans la cour. Je n'avais jamais vu un homme aussi couvert de boue : on voyait qu'il devait marcher depuis des jours et des jours sur le grand chemin.

Au bruit de nos voix, la mère Barberin accourut.

« J'apporte des nouvelles de Paris», dit-il simplement.

Mais il n'ajouta pas comme les autres : « Votre homme va bien, l'ouvrage marche fort.»

Mère Barberin le sentit comme moi, car elle joignit les mains en disant d'une voix tremblante :

« Ah, mon Dieu ! Il est arrivé malheur à Jérome !

– Eh bien, oui ! confessa l'homme les yeux baissés.

C'est la vérité. Il a eu un accident. Mais il ne faut pas vous retourner les sangs. Il n'est pas mort, il est à l'hôpital et il en reviendra. Seulement, voilà, il pourrait bien en rester estropié. J'étais son voisin de lit, à l'hôpital, et comme je rentrais au pays, il m'a demandé de vous prévenir en passant. Voilà. Il faut que je continue mon chemin, je ne peux pas m'arrêter, j'ai encore trois lieues à faire et la nuit vient vite en cette saison.»

Pourtant, Mère Barberin qui voulait en savoir davantage parvint à lui faire accepter de souper avec nous.

Tout en mangeant la soupe, il raconta que Barberin avait été écrasé par un échafaudage qui s'était abattu et que, comme l'entrepreneur avait prouvé qu'il n'avait rien à faire à cet endroit, Barberin ne recevrait aucune indemnité.

«Eh oui, concluait-il en faisant sécher ses jambes de pantalon devant le feu, il n'a pas eu de chance, Barberin. Un autre aurait trouvé moyen peut-être de se faire une bonne rente, mais lui, il n'a pas eu de chance. Moi, je lui ai conseillé de faire un procès, quand même.

– C'est que cela coûte cher, un procès, dit mère Barberin, toute pâle.

– Quand on le perd, oui, ça coûte. Mais quand on le gagne...»

Mère Barberin aurait voulu partir le lendemain pour Paris, mais le curé, qu'elle alla consulter à ce sujet, lui conseilla d'attendre d'abord de savoir si elle pouvait être utile à son mari. Il écrivit à l'aumônier de l'hôpital où était soigné Barberin, et lui lut la réponse. Son mari la priait de ne pas venir, mais de lui envoyer de l'argent, à cause du procès qu'il allait faire à l'entrepreneur.

Le temps passa. De temps à autre, il arrivait une lettre qui demandait toujours de l'argent. La dernière demandait instamment une certaine somme, disant que s'il n'y avait plus d'argent, il fallait vendre la vache.

Vendre la vache !

Les citadins qui voient les vaches à la campagne trouvent qu'elles font bien dans le paysage, c'est tout ; ils ne se rendent pas compte de ce que cela représente, une vache, pour un paysan. La nôtre, pour nous, c'était tout, c'était le beurre pour mettre dans la soupe, c'était le lait pour mouiller les pommes de terre ! Avec notre vache et quelques poules, quelques lapins, nous vivions tellement bien, Mère Barberin et moi, que nous n'achetions jamais de viande. Que nous l'aimions, notre Roussette !

Pourtant, il fallut la vendre. Il y eut un marchand qui vint à la maison, qui tâta la Roussette sur tout le corps, fit la grimace, dit qu'il ne pouvait rien en faire, qu'elle était trop vieille, trop maigre, qu'elle ne donnait pas assez de lait. Finalement, il dit qu'il voulait bien la prendre, mais que c'était bien pour faire plaisir à Mère Barberin qui était une brave femme.

Et cela fit un peu d'argent qui partit à Paris.

Plus de lait, plus de crème, plus de beurre. Le matin, il n'y avait plus qu'un peu de pain sec, le soir des pommes de terre à l'eau et au sel.

Peu après, ce fut Mardi Gras. L'année d'avant, Mère Barberin m'avait fait des crêpes ; je m'en souvenais encore et j'y rêvais depuis des mois. Oui, mais voilà, pour faire des crêpes, il faut de la farine, il faut des œufs, il faut surtout du lait. Plus de Roussette, plus de Mardi Gras ! C'est ce que je me disais tristement, le matin du Mardi Gras, mais Mère Barberin m'avait fait une surprise. Elle n'était pas emprunteuse, Mère Barberin, mais elle n'avait pas voulu que je passe un aussi triste Mardi Gras, et quand je rentrai à la maison vers midi,

elle avait demandé une tasse de lait à une voisine, un morceau de beurre à une autre, et elle versait dans une grande soupière une magnifique cascade de farine.

« Allez, me dit-elle, regarde dans la huche !»

J'obéis le cœur tremblant, et, à mon ravissement inexprimable, j'aperçus trois œufs, le lait, le beurre et trois pommes ! Chère Mère Barberin ! Elle riait en me regardant.

Je dois dire que plusieurs fois pendant la journée j'allai soulever le torchon posé sur la soupière, elle-même dans les cendres de la cheminée, pour voir si la pâte levait bien.

« Ne soulève pas le torchon, mon petit Rémi, disait Mère Barberin, heureuse de me voir heureux, tu vas faire prendre froid à la pâte.»

Mais c'était plus fort que moi, il fallait que j'aille admirer ces magnifiques bulles qui crevaient majestueusement la pâte blanche !

Le soir, elle me dit de casser du petit bois, pour faire un beau feu clair et quand, enfin, la chandelle fut allumée, elle me dit de mettre le bois dans le feu. On se doute si je me fis répéter cet ordre ! Une minute après, une bonne flamme claquante montait jusqu'en haut de la cheminée. Mère Barberin décrocha alors la grande poêle et la posa au-dessus de la flamme, sur le trépied de fer.

« Passe-moi le beurre », dit-elle.

Et elle prit du bout du couteau une petite noix de beurre qu'elle jeta dans la poêle. Quelle bonne odeur, tandis que le beurre chantait dans la poêle et grésillait en fondant !

J'étais extasié. Cependant il me sembla entendre un drôle de bruit dans la cour qui me fit relever la tête. Je ne m'étais pas trompé. Une seconde plus tard, on entendit un lourd bâton qui cogna dans la porte. Celle-ci s'ouvrit brusquement.

« Qui est là ? demanda Mère Barberin, penchée sur sa poêle.

– Ah bien ! répondit une voix rude, on fait la fête, ici ? Ne vous gênez pas, dites donc !

– Ah, mon Dieu ! s'écria Mère Barberin en posant précipitamment sa poêle dans les cendres. C'est toi, Jérôme ? »

Puis, me prenant par le bras, elle me poussa vers l'homme dont la forte silhouette se dressait dans le chambranle, en me disant :

« C'est ton père ! »

Mon père !

Je m'avançai pour l'embrasser, mais lui m'arrêta du bout de son bâton ferré en demandant d'une voix sourde :

« Qu'est-ce que c'est que celui-là ?

– C'est Rémi, dit Mère Barberin.

– Rémi ? Après tout ce que tu m'avais dit !

– Eh bien oui, mais tu vois... ce n'était pas vrai... fit Mère Barberin d'une voix inquiète.

– Ah, pas vrai ! Pas vrai ! fit l'homme, je t'en donnerai moi, du pas vrai ! »

Et il leva sur moi son bâton d'une façon si menaçante que je reculai instinctivement. Pourquoi cet accueil ? me demandai-je, qu'avais-je fait ?

Mais je n'eus pas le temps de me poser longtemps ces questions, car à mon indicible consternation, l'homme s'approcha de la table en disant :

« Alors, comme cela, on faisait Mardi Gras ? Oui, eh bien, ce ne sont pas des crêpes qu'il me faut, à moi, c'est de la bonne soupe bien solide ! Puisque je vois qu'il n'y a pas de lard, on la fera à l'oignon. Allez, au travail ! »

Mère Barberin, sans rien dire, retira la poêle de la cheminée, et se mit en devoir de préparer de la soupe à l'oignon. Pendant ce temps, l'homme s'était lourdement assis. Il avait un visage rude et des yeux durs. Sa tête penchait à droite, à cause, sans doute, de cet accident qu'il avait eu à Paris. Je le regardais terrifié. Je ne pensais presque plus aux crêpes et aux beignets enfuis, je ne pouvais que me répéter : « Mon père ! C'est mon père ! »

« Eh bien, toi ! me dit-il brusquement en voyant que je le regardais, ne reste pas là planté comme un idiot, remue-toi ! Mets la table ! »

J'obéis en tremblant.

La soupe prête, nous nous mîmes à table. J'étais si troublé que je ne pouvais rien avaler. L'homme me regardait de temps à autre, tout en avalant sa soupe brûlante à grand bruit.

« Il ne mange pas plus que cela, ce gamin ? demanda-t-il tout à coup.

– Oh ! bien sûr que si ! dit Mère Barberin, il a bon appétit, d'habitude !

– Ah ! dit l'homme, eh bien, c'est dommage. Puisqu'il n'a pas faim, il n'a qu'à aller se coucher. Et tout de suite. »

Mère Barberin me fit un signe : je me levai sans mot dire et j'allai me coucher.

« Et j'espère que tu vas dormir immédiatement ! ajouta la voix de l'homme. Sinon, gare ! »

Dormir ? C'était une autre affaire, car, comme dans bon nombre de maisons paysannes de cette époque, la cuisine servait en même temps de chambre à coucher, et mon lit était dans une sorte d'armoire que l'on fermait pendant la journée, ce que l'on appelle «un lit clos». Bref, je me couchai bien vite, mais je ne pus faire autrement que d'entendre ce que disaient l'homme et Mère Barberin.

« Et ton procès ? demanda-t-elle d'une voix inquiète, où en est-il ?

– Le procès ? Perdu ! Ces gueux de juges n'ont rien voulu entendre. Et me voilà estropié. C'est la misère, quoi. Et pour comble, je trouve cet enfant en rentrant au pays ! J'attends tes explications !

– Voilà, dit-elle rapidement, je n'ai pas pu le porter aux Enfants-Trouvés, ce n'était pas possible, il est tombé malade à ce moment-là, il toussait juste comme notre pauvre petit Nicolas avant sa mort. Et après, quand il a été guéri, je n'ai pas eu le cœur de l'emmener à la ville. Je l'ai nourri de mon lait, tu comprends...

– Quelle bonne raison ! ironisa lourdement l'homme. Et quel âge a-t-il, maintenant ? Huit ans ? Eh bien, il ira aux Enfants-Trouvés à huit ans au lieu d'y aller à deux ans, voilà tout.

– Jérôme ! Tu n'aurais pas dit cela avant d'aller à Paris ! Comme Paris t'a changé !

– Oh, oui ! ricana Jérôme, bien changé ! Estropié, même ! Et réduit à la faim ! La vache est vendue, je ne puis plus travailler, le gamin ira aux Enfants-Trouvés, nous ne pouvons plus le nourrir. N'en parlons plus.

– Mais c'est le plus bel enfant du pays, Jérôme !

– Le plus joli, c'est bien possible, mais le plus beau, certainement pas. Je le regardais, à table, ça n'a pas de bras, ça n'a pas de mollets ! C'est incapable de gagner sa vie.

– Et le jour où ses parents le réclameront ?

– Allez, allez, s'ils avaient dû le réclamer, ils l'auraient déjà fait. J'ai été un fameux imbécile, le jour où je l'ai ramassé dans la rue, je croyais que nous aurions une bonne récompense quand ses parents le retrouveraient, mais ouiche, ils ne l'ont pas même cherché. De jolis parents, vraiment ! Et ce n'est pas à moi d'élever leur fils.

– Mais, dit d'un ton désespéré Mère Barberin, s'ils le cherchaient quand même un jour, que leur dirions-nous?

– Eh bien, on les enverra à l'hospice y chercher leur moutard. Bon, assez bavardé là-dessus. Je sors, je vais dire bonjour aux amis. »

J'entendis la porte s'ouvrir et se refermer bruyamment. Il était sorti. Je me levai d'un bond et me jetai dans les bras de Mère Barberin.

« Tu ne dormais pas ? dit-elle en pleurant.

– Non, maman, j'ai tout entendu.

– Hélas ! J'aurais dû te raconter tout cela il y a longtemps, mais, vois-tu, ce n'était pas possible, surtout après la mort de mon petit Nicolas. C'est vrai que tu n'es pas mon fils, continua-t-elle en pleurant toujours, c'est lui, c'est Jérôme qui t'a trouvé un matin en allant à son travail, dans une rue de Paris qu'on appelle l'avenue de Breteuil, un mois de février.

Il y avait des pleurs d'enfant qui semblaient sortir d'une porte de jardin. En s'approchant, il vit un homme s'enfuir de derrière un arbre, et sur le seuil de la porte, il y avait un tout petit enfant qui pleurait : c'était toi. Jérôme t'avait ramassé, tu pleurais encore plus fort, il ne savait pas quoi faire. Des camarades l'on rejoint, et tous ensemble, ils ont décidé qu'il fallait te porter chez le commissaire de police.

Le commissaire examina les langes et la couverture dont tu étais enveloppé, on voyait bien que tout cela provenait d'une famille riche, dit le commissaire, et que c'était certainement un enfant qu'on avait volé, puis abandonné. Il dit qu'il fallait l'emmener aux Enfants-Trouvés, si personne ne voulait s'en charger.

Il ajouta qu'un bel enfant, sain comme il était, ne serait pas difficile à élever, et que les parents donneraient sûrement une riche récompense en le retrouvant. Et Jérôme s'avança en disant qu'il voulait bien s'en charger. J'avais un enfant à peu près de ton âge, ce n'était pas difficile pour moi de te nourrir. Et puis voilà. Au bout de trois mois, mon petit Nicolas mourut, et je m'attachai de plus en plus à toi, et quand au bout de trois ans, Jérôme m'écrivit qu'il fallait te mettre à l'hospice, je ne le fis pas. Tu sais tout, maintenant.

– Mais, Mère Barberin ! m'écriai-je au comble de la terreur, je ne veux pas aller à l'hospice ! Je t'en prie ! Ne m'envoie pas à l'hospice !

– Non, mon petit Rémi, dit Mère Barberin, ne pleure pas, tu n'iras pas à l'hospice. Jérôme n'est pas méchant, en fin de compte, tu verras. C'est le chagrin et la peur de la misère qui le rendent dur d'aspect. Mais nous travaillerons et toi aussi. Tu verras, nous ne nous quitterons pas. »

Pourtant, je continuais à pleurer: j'avais trop peur de l'hospice! C'est que j'en avais vu des enfants de l'hospice, sales, mal habillés de mauvais vêtements gris, avec au cou une plaque de plomb portant un numéro! Je savais comment les méchants enfants les poursuivaient en riant et en criant « À l'hospice! À l'hospice! »

J'eus bien du mal à m'endormir.

CHAPITRE II

La troupe du Signor Vitalis

e lendemain matin, Barberin ne m'adressa pas un mot. À midi, seulement, il ouvrit la porte, prit son bâton et son chapeau et me fit signe de le suivre. J'étais terrifié. M'emmenait-il à l'hospice ? Mère Barberin me rassura des yeux et je compris que je n'avais qu'à obéir.

Nous nous dirigeâmes vers le village, qui était assez éloigné de la maison. Chemin faisant, je ralentissais imperceptiblement le pas, je n'avais aucune envie de suivre le méchant Barberin et je songeais à m'échapper et à courir à travers champs. Mais Barberin s'aperçut bientôt de ma manœuvre et, me saisissant par le poignet, il me fit avancer d'un bon pas. Un moment plus tard, nous étions au village, et Barberin s'arrêta devant l'auberge où nous entrâmes. Je ne savais pas alors ce que c'était une auberge. C'était pour moi un endroit mystérieux d'où j'avais parfois vu sortir des hommes au visage rouge et à la démarche mal assurée, mais je n'avais jamais vu ce qui se passait derrière ses petits rideaux de toile à carreaux. Pourtant, l'auberge me rassura beaucoup; ce n'était pas l'hospice. Et puis, j'avais envie depuis longtemps de savoir ce qu'il y avait à l'intérieur. J'allai m'asseoir près de la cheminée, tandis que Barberin s'asseyait lourdement à une table, et je regardais autour de moi. Dans un angle, se tenait un grand vieillard à barbe blanche, habillé d'un vêtement extraordinaire, tel que je n'en avais jamais vu.

Sur ses longs cheveux gris, qui tombaient jusqu'aux épaules, il portait un chapeau pointu en feutre gris, avec des plumes rouges et vertes. Pour veste, une peau de mouton percée de deux trous par où passaient ses bras, couverts d'une sorte de velours qui avait dû être bleu, autrefois. Et aux jambes, il portait de hautes guêtres de laine, montant jusqu'aux genoux et serrées de rubans rouges entrecroisés plusieurs fois.

Il était si calme qu'on aurait dit l'un des saints de bois qui ornaient notre petite église.

Auprès de lui, il y avait trois chiens, qui se chauffaient au feu sans remuer : un caniche blanc, un barbet noir et une petite chienne grise à la mine éveillée. Le caniche avait sur la tête un bonnet de police fort âgé, qu'une lanière de cuir retenait sous son menton.

Pendant que je regardais ce vieillard avec attention et curiosité, Barberin parlait à haute voix avec le maître du café et racontait quelque chose à mon sujet : j'entendis qu'il disait au patron qu'il m'emmenait voir le maire, afin de demander une pension payée par l'hospice pour me garder. C'était cela que Mère Barberin avait obtenu de lui ! Ce n'était pas très agréable, mais cela me fit pourtant beaucoup de plaisir. Avec de la chance, je n'irais pas à l'hospice !

Cependant, le vieillard au bizarre costume s'intéressait beaucoup à ce que disait Barberin, et, étendant la main vers moi, il demanda brusquement avec un accent étranger :

« C'est cet enfant-là qui vous gêne ?

– C'est lui, dit Barberin.

– Et vous croyez vraiment que l'administration des Hospices va vous donner de l'argent pour le garder ?

– Dame ! répondit Barberin, je ne peux pourtant pas l'élever pour rien, il me semble !

– J'ai bien peur que vous ne vous trompiez ! dit tranquillement le vieillard. Si j'ai bien compris, vous vous êtes engagé jadis à l'élever. L'administration ne vous doit rien du tout ! Au reste qu'en espérez-vous ? Quelque chose comme dix francs par mois, je suppose ?

– Bien plus que cela ! s'exclama Barberin.

– Vous n'aurez même pas dix francs, six ou sept, à la rigueur, mais c'est tout.

– Eh bien, alors, dit Barberin avec humeur, ils le garderont à l'hospice et voilà tout. Et s'ils n'en veulent pas, il ira à la rue. Il n'y a pas de loi qui m'oblige à nourrir un enfant qui n'est pas le mien, je suppose.

– Aucune loi humaine, sans doute, reprit doucement le vieillard. Les lois morales et divines, peut-être... Mais écoutez, il y aurait peut-être un autre moyen de vous en débarrasser, et même de gagner quelque chose à cela.

– Ah vraiment ? ricana Barberin. Eh bien, si vous m'indiquez ce moyen, je vous offre une bouteille !

– Alors commandez la bouteille, c'est une affaire faite ! »

En disant ces mots, il se leva de devant la cheminée et vint s'asseoir à la table de l'affreux Barberin. On se doute combien j'étais anxieux de l'issue de cette conversation, mais je fus extrêmement surpris de voir, dans le mouvement qu'il fit en se levant, la peau de mouton qui enveloppait son torse s'agiter vivement sur sa poitrine.

J'en conclus qu'il avait contre lui un animal qui devait être un petit chien.

« Eh bien, dit le vieillard en s'asseyant, en somme vous voulez qu'on vous débarrasse de l'enfant ou qu'on vous paye sa nourriture. Sérieusement, je vous propose de vous en débarrasser, je le prends avec moi. Cela vous va-t-il ?

– Comment ? s'écria Barberin, mais je ne peux pas vous le donner !

– Pourquoi cela, puisque vous voulez vous en débarrasser ?

– Mais... c'est que c'est un bel enfant ! Un enfant magnifique ! Qui peut travailler et rapporter gros ! Regardez les mollets qu'il a, et ses bras !

– Allons, allons, dit le vieillard sévèrement, si cet enfant était si bien que vous le dites, vous le garderiez avec vous, j'imagine !

– Mais regardez-le donc ! s'écria Barberin, et, se tournant vers moi, il me jeta : Viens ici, toi ! »

J'approchai en tremblant.

« N'aie pas peur, petit ! me dit le vieillard avec un sourire.

– Regardez-le ! dit Barberin en relevant la jambe de mon pantalon, il est taillé en hercule, ce gamin ! »

J'étais muet de terreur : ces deux hommes me palpaient, parlaient de moi exactement comme quelques mois plus tôt, le marchand de bestiaux avait palpé et examiné notre pauvre vache !

Et c'est bien ainsi que les choses se passèrent : après une longue discussion, il fut décidé que le vieillard allait me prendre avec lui moyennant vingt francs par an, et qu'il payait deux ans d'avance à Barberin ! En somme, on me vendait comme notre pauvre Roussette. Je n'osais pleurer tout haut, mais je sanglotais tout bas.

« Et au fait, dit tout à coup Barberin, quels services attendez-vous de cet enfant ? Vous ne le prenez pas par charité, je suppose ?

– Certainement pas ! répondit le vieillard, la vérité, je ne sais si vous pourrez la comprendre, mais la voici : je deviens vieux, et le soir, quelquefois, après une journée de fatigue, quand le temps est mauvais, j'ai des idées tristes : il me distraira.

– Oh ! dit Barberin, si c'est pour cela, il est certain qu'il aura toujours d'assez bonnes jambes et d'assez bons bras !

– Mais pas trop ! dit le vieillard, car il lui faudra danser et puis sauter, et puis marcher, et après avoir marché, sauter et danser encore ! Il va prendre place dans la troupe du Signor Vitalis, en un mot !

– Et où est-elle, cette troupe ?

– D'abord, comme vous vous en doutez, le Signor Vitalis, c'est moi. Le reste de la troupe, je vais vous le montrer à l'instant même, puisque vous semblez vouloir faire sa connaissance. »

Et en disant cela, il ouvrit sa veste de peau de mouton et prit dans sa main un singulier animal qu'il tenait sous son bras gauche, serré contre sa poitrine. C'était cet animal qui avait soulevé plusieurs fois la peau de mouton, mais ce n'était pas du tout un petit chien comme je l'avais pensé. J'étais stupéfait : je n'avais jamais vu d'animal semblable ! Il était vêtu d'une sorte de blouse rouge bordée d'un galon doré, mais ses bras et ses jambes étaient nus, quoique couverts de poils, car cette bête avait bien des jambes et des bras, et non pas des pattes ! Et elle avait deux yeux noirs et vifs, luisants comme des miroirs !

« Ah ! le vilain singe ! » s'écria Barberin en riant.

Ce fut pour moi un trait de lumière ! Car si je n'en avais jamais vu, j'avais entendu parler des singes !

« Voici le premier sujet de ma troupe, dit Vitalis, c'est monsieur Joli-Cœur ! Allons, Joli-Cœur, mon ami, ayez l'obligeance de saluer la compagnie ! »

Obéissant, le petit singe porta sa main à ses lèvres et salua la compagnie en envoyant des baisers. Je n'en revenais pas !

« Et maintenant, continua Vitalis en étendant la main vers le caniche blanc, voici le signor Capi qui va avoir le plaisir et l'honneur de présenter ses amis à l'honorable société ! »

Le caniche blanc se leva vivement et, se dressant sur ses pattes de derrière, croisa ses pattes de devant sur sa poitrine et salua son maître par une courbette si profonde que son bonnet de police balaya le sol.

Puis, se tournant vers les deux autres chiens, il leur fit de la patte un geste qui leur ordonnait sans équivoque de s'avancer.

Les deux autres chiens, le regard fixé sur leur camarade, se levèrent aussitôt et avancèrent à petits pas sur leurs jambes de derrière en se donnant une patte de devant, comme s'ils allaient danser !

« Capi, dit Vitalis, est le chef de mes chiens, c'est de là que vient son nom, car c'est l'abréviation de *Capitano,* ce qui veut dire «Capitaine», en italien. Comme il est le plus intelligent, c'est lui qui transmet mes ordres à ses camarades, ce jeune élégant à poils noirs, qui est le signor Zerbino, nom qui signifie *le galant,* ce qu'il est à tous égards. Quant à cette jeune Anglaise romantique, c'est la signora Dolce, qui mérite fort bien son nom de «douce». C'est avec ces remarquables jeunes gens que j'ai l'honneur de gagner mon existence, plus ou moins bien, suivant les hasards de la vie et de la fortune. Allons Capi, au travail ! »

Capi se redressa et croisa les pattes.

« Capi, mon ami, soyez assez aimable pour dire l'heure qu'il est à ce jeune garçon qui nous regarde avec des yeux ronds, je vous prie ! »

Capi décroisa les pattes, s'approcha de son maître, écarta du museau la peau de mouton et fouilla dans la poche de Vitalis dont il tira avec les dents une grosse montre : il la regarda et jappa deux fois avec force, puis trois autres fois de façon plus faible.

Il était en effet deux heures trois quarts !

« Merci, monsieur Capi, dit Vitalis. Maintenant, je vous prie d'avoir l'amabilité d'inviter la signora Dolce à sauter un peu à la corde ! »

Aussitôt, le caniche fouilla dans la poche de son maître et en tira une corde. Zerbino se plaça en face de lui et tous deux, prenant chacun une extrémité de la corde dans leur gueule, se mirent à la faire tourner avec un parfait ensemble. Quand le mouvement fut régulier,

Dolce s'élança au milieu et se mit à sauter à la corde avec légèreté en gardant ses jolis yeux bruns fixés sur Vitalis.

« Et voilà ! déclara Vitalis au bout d'un moment, vous voyez que mes élèves sont intelligents ! C'est pourquoi j'engage ce garçon dans ma troupe ! Il fera le rôle d'une bête stupide, et l'intelligence de mes amis n'en sera que mieux appréciée.

– Ça ! s'écria Barberin avec un gros rire, pour faire la bête...

– Il faut bien de l'intelligence ! le coupa Vitalis. Et je crois qu'avec quelques leçons, cet enfant n'en manquera pas. D'ailleurs, s'il est intelligent, il comprendra vite qu'avec le Signor Vitalis, on a la chance de parcourir la France et de nombreux pays, qu'on mène une vie libre au lieu de marcher pesamment derrière des bœufs du matin au soir, dans un pauvre petit champ. S'il est bête, il criera, et comme le Signor Vitalis n'aime pas les cris, l'enfant stupide ira à l'hospice ! »

J'étais glacé ! Oh certes, j'étais assez intelligent pour comprendre ce qu'il pouvait y avoir de menaces dans ces simples paroles du vieillard à l'étrange costume. Les élèves de Vitalis avaient l'air bien amusants ; et j'envisageai sans déplaisir l'idée de me promener toute la journée, mais que devenait Mère Barberin, dans tout cela ? J'en avais les larmes aux yeux, de nouveau. Vitalis s'en aperçut et me toucha doucement la joue :

« C'est bien, dit-il, l'enfant comprend, puisqu'il ne crie pas, la raison rentrera dans cette petite tête, et demain...

– Oh ! Monsieur ! m'écriai-je, laissez-moi à Maman Barberin, je vous en prie ! »

Mais au même moment, Capi fit entendre un aboiement formidable et s'élança vers la table sur laquelle

Joli-Cœur était resté assis. Profitant de ce que personne ne le regardait, le petit singe s'était emparé du verre de vin de son maître et, furtivement, le buvait !

« Monsieur Joli-Cœur, dit sévèrement Vitalis, vous n'êtes qu'un goinfre et un voleur ! Ayez la bonté d'aller vous mettre immédiatement en pénitence le nez contre le mur ! Zerbino ! Montez la garde et, s'il bouge, n'hésitez pas à le punir. Quant à vous, Capi, vous êtes un bon serviteur : tendez-moi la patte, que je vous la serre ! »

Peu après, nous retournâmes à la maison. Barberin me prévint rudement que je serais battu si je disais un mot du vieux Vitalis et du marché qu'il avait passé avec lui, et il avait l'air si dur, en disant cela, que je me promis bien de ne rien dire. J'en aurais pourtant bien parlé à Mère Barberin, si j'en avais eu l'occasion, mais toute la soirée, Barberin resta près de sa femme, me surveillant de loin. Désespéré, j'essayai d'échapper à ce regard dur toujours fixé sur moi et j'allai arroser mon jardin.

Ce que j'appelais «mon jardin» était une sorte de petit carré de terre, dans un angle du potager, que Mère Barberin m'avait donné, et où je plantais quantité d'herbes et de mousses ramassées à la lisière des bois ou dans les haies. Il y avait un peu de tout, dans «mon jardin», et j'en étais très fier. Je guettais avec anxiété l'apparition des premières pousses de l'année, car j'y avais planté toutes sortes d'espèces qui devaient fleurir les unes après les autres, de sorte que «mon jardin» devait être toujours fleuri. Mais ce qui me passionnait le plus, c'était un légume alors presque inconnu, dont une voisine m'avait donné quelques tubercules, et sur lequel je comptais énormément pour faire une surprise à Mère Barberin : des topinambours ! Je rêvais depuis des mois de mes futurs topinambours, je les voyais grandir, fleurir, se développer, puis un jour, quand ils étaient mûrs, je déterrais les tubercules, je les épluchais, je les faisais cuire sans rien dire, et qui avait une formidable surprise ? C'était Mère Barberin !

Qu'allaient-ils devenir, mes topinambours ? Et la surprise de Mère Barberin, qui la lui ferait jamais ?

J'étais en train d'arroser mes topinambours, le lendemain matin, lorsque la voix de Barberin me fit sursauter : il m'appelait avec impatience. Mère Barberin était allée au village, une heure auparavant. Et devant la porte, je vis avec épouvante qu'il y avait le vieux Vitalis, avec ses chiens et son singe sur l'épaule.

Barberin lui donna un paquet de toile bleue, nouée aux quatre coins. Vitalis regarda ce qu'il y avait dedans, fit la moue et ne dit rien. Puis se tournant vers moi :

« Allons, Rémi, dit-il, prends ton paquet et allons-nous-en. »

J'éclatai en sanglots.

« Allons, mon enfant, dit Vitalis d'un ton plein de bonté, tu ne seras pas malheureux avec moi, je te le promets. Marchons.

– Bon voyage ! » cria Barberin d'un ton goguenard, planté sur le seuil de notre maison.

Une heure plus tard, en haut de la grande côte, je me retournai : je voyais notre petite maison, notre jardin, le petit coin à l'angle de la haie où poussaient mes pauvres topinambours, et surtout, je voyais une silhouette avec une coiffe blanche, celle de Mère Barberin qui courait de-çà, de-là, entrant et sortant comme une folle dans la maison vide, dans l'étable vide, dans le hangar vide, et je croyais entendre ses appels.

Vitalis me prit par le poignet et nous nous remîmes en marche. Je n'avais jamais connu un tel désespoir.

CHAPITRE III

En route

Contrairement à ce que l'on pourrait croire, ce n'est pas parce que l'on achète les enfants pour la somme de quarante francs que l'on est forcément un méchant homme. Vitalis n'était pas un ogre et il ne m'avait pas acheté pour me manger.

Nous marchions depuis un quart d'heure environ, d'un pas ferme, lorsqu'il me lâcha le poignet qu'il tenait serré dans sa grande main depuis notre départ. La maison avait disparu derrière la colline.

« Marchons plus doucement, maintenant, me dit-il. Mais pense que si tu voulais te sauver, Capi et Zerbino t'auraient vite rejoint ! Et ils mordent dur, tu peux me croire ! »

Je soupirais tristement.

« Allons, mon enfant, reprit Vitalis, tu as du chagrin, je comprends cela. Et même je n'aimerais pas que tu n'en aies pas. Cela prouve que tu as du cœur. Pleure si tu en as besoin, mais pense que je ne t'emmène pas avec moi pour faire ton malheur. Au contraire, car tu aurais été à l'hospice à peu près certainement. Ta maman a été bonne pour toi, mais il faut comprendre que ton père adoptif étant infirme, tu étais forcément pour eux une charge très lourde. Tu verras, mon garçon, que dans la vie, on ne fait pas souvent ce que l'on veut. »

Tout en marchant, nous étions arrivés plus loin que je n'avais jamais été, et dans une partie du pays que je ne connaissais pas. C'était de longues landes plates et rases, terriblement tristes et monotones, coupées de temps à autre de grands champs de brandes décharnées et tout à fait lugubres. Au loin s'élevaient des collines basses et rondes, au sommet aride.

C'était la première fois que je faisais un voyage et je dois dire que les quelques fois où j'avais pensé à cette possibilité, je m'en étais fait une idée tout à fait différente. C'était aussi la première fois que je faisais une marche aussi longue sans prendre le moindre repos, à la suite de mon maître qui marchait d'un pas égal à longues enjambées régulières. Il s'aperçut bientôt que je commençais à avoir du mal à le suivre :

« Ce sont tes sabots qui te fatiguent, me dit-il, quand nous arriverons à Ussel, je t'achèterai des souliers. »

Des souliers ! À moi ! Moi qui n'avais jamais porté que des sabots ! Ces mots me rendirent du courage : seuls, chez nous, le fils du maire et celui de l'aubergiste avaient des souliers. Nous autres, nous portions des galoches ou des sabots, et nous faisions un bruit infernal, surtout quand nous allions à l'église le dimanche ! Aussi ne pus-je m'empêcher de demander impulsivement :

« Est-ce encore loin, Ussel ?

– Ha ! Ha ! rit Vitalis, voilà un cri qui vient du cœur ! Tu as donc bien envie de souliers, mon garçon ? Eh bien, je t'en promets de superbes, avec des clous en dessous !

Et tu auras également une culotte de velours, une veste et un chapeau. J'espère que cela sèchera tes larmes et te donnera du courage pour faire la fin de la route, car il reste encore vingt-cinq kilomètres pour arriver à Ussel ! »

En entendant ce chiffre épouvantable, je crus que je ne pourrais plus faire un pas ! C'était évidemment beaucoup trop pour un enfant de mon âge, manquant de surcroît de tout entraînement à ce genre de longue marche.

Heureusement, le temps vint à mon aide, car de lourds nuages gris emplirent peu à peu le ciel, et bientôt il se mit à pleuvoir.

Vitalis était à peu près bien protégé par sa peau de mouton, sous laquelle maître Joli-Cœur avait plongé à la première goutte, mais il n'en allait pas de même pour moi et en un instant, je fus aussi trempé que les trois chiens. Encore ceux-ci avaient-ils la ressource de s'ébrouer vigoureusement quand ils en avaient envie, mais moi...

« T'enrhumes-tu facilement ? me demanda mon maître d'un air soucieux.

– Je ne sais pas, répondis-je, cela ne m'est jamais arrivé, à ce que je sache.

– Très bien, décidément, il y a du bon en toi. Cependant, ce n'est pas la peine de t'exposer inutilement. Nous allons essayer de trouver un abri pour la nuit. Allons jusqu'à ce village, là-bas, on nous y hébergera, j'espère. »

Malheureusement, dans ce village, les paysans nous firent plutôt mauvais accueil. « On ne loge pas, ici ! » nous disaient-ils en claquant leur porte. Finalement, à la sortie du village, un vieil homme nous autorisa à passer la nuit dans sa grange, en exigeant que Vitalis lui remît ses allumettes, s'engageant à les lui rendre au matin.

Nous pénétrâmes enfin dans cette grange qui, à défaut d'être chaude, était propre et sèche. Je m'assis dans la paille, mais je claquais des dents dans mes vêtements trempés.

Vitalis déboucla le sac de soldat qu'il portait sur le dos en disant :

« Je n'ai pas une garde-robe très fournie, mais commence par enfiler cette chemise sèche et ce gilet, tu auras moins froid. Et, bien couvert de paille et de fougères sèches, tu pourras parfaitement dormir. »

Cela fait, il procéda à la distribution des vivres. Et je vis alors la discipline que le vieil homme faisait régner dans sa troupe. En effet, pendant la journée, lors de la traversée d'un village, Zerbino avait disparu à l'intérieur d'une maison et en était ressorti un instant plus tard avec un quignon de pain dans la gueule.

Vitalis n'avait pas crié, ne s'était pas mis en colère, il avait seulement dit d'un ton sévère : « À ce soir, Zerbino ! » Je ne pensais même plus à ce vol, quand Vitalis sortit de son sac une grosse miche de pain et déclara :

« Que le voleur sorte des rangs ! Et qu'il aille dans ce coin. Il n'aura rien à manger ce soir ! »

Et avec étonnement, je vis Zerbino quitter notre cercle et, d'un pas lent, aller se cacher sous un amas de fougères sèches avec de petits jappements plaintifs. Il ne reparut pas de la soirée.

Pendant ce temps, Vitalis rompit le pain en plusieurs morceaux, m'en tendit un, en garda un autre et distribua ce qui restait de façon équitable entre les trois animaux.

Certes, les derniers mois passés chez Mère Barberin, et pauvres comme nous l'étions devenus, je n'avais guère été gâté en matière de nourriture, mais ce soir-là, le changement fut rude. Où était la bonne soupe chaude dans laquelle nageaient les oignons ? Je grignotais mon pain sec, assis dans la paille, et j'avais le cœur bien serré.

J'eus bien du mal à m'endormir, endolori comme je l'étais. Était-ce cela, les voyages ? Marcher sans trêve sous la pluie, trembler de froid, dîner d'un morceau de pain, enfoui dans la paille ? J'étais près de me mettre à pleurer quand je sentis tout à coup sous ma main le pelage ébouriffé de Capi. Il s'était doucement approché de moi et me reniflait avec attention. Puis, il s'allongea près de moi, et délicatement, me lécha la main. Et c'est avec sa patte dans ma main que je finis par m'endormir : je n'avais presque plus de chagrin, j'avais trouvé un ami.

CHAPITRE IV

Mes débuts

Nous repartîmes sur la route le lendemain de très bonne heure. Il avait cessé de pleuvoir et même il faisait tout à fait beau. J'avais repris courage, en grande partie grâce à Capi qui allait et venait devant nous sur la route et se retournait de temps en temps vers moi en lançant un aboiement joyeux. Bien souvent, par la suite, j'ai entendu dire qu'il ne manquait à Capi que la parole : je n'ai jamais compris cette déclaration car pour moi, il y avait plus d'éloquence dans un seul mouvement de la queue de Capi que dans les discours de bien des gens !

Comme je n'étais jamais sorti de mon village, on se doute si j'étais curieux de voir une ville. Eh bien, Ussel me déçut. C'est pourtant une vieille ville, avec des maisons de bois et des tours pointues, mais cela me laissa fort indifférent, je n'avais rien d'un archéologue.

Et d'ailleurs, en réalité, la seule maison d'Ussel que

je désirais réellement voir, c'était une boutique de cordonnier.

Aussi, le seul souvenir qu'il me reste de la ville d'Ussel, c'est celui d'une sorte de trou dans une vieille maison, une porte basse auprès de laquelle pendaient de vieux habits avec des épaulettes en argent terni, des corbeilles avec des vieilles clefs et des lampes en cuivre pendues à des crochets. Il fallait descendre trois marches pour entrer dans cette boutique sombre et enfumée où le soleil n'avais jamais dû entrer depuis sa construction.

« Comment, me disais-je, une chose aussi splendide que des chaussures peut-elle être vendue dans une caverne comme celle-ci ? »

C'était pourtant la vérité, car la boutique était celle d'un fripier ! Mais Vitalis savait ce qu'il faisait en entrant chez cet homme, et quelques moments plus tard j'eus l'indicible bonheur de sentir à mes pieds de magnifiques souliers cloutés qui pesaient bien deux fois autant que mes petits sabots !

Et la générosité de mon maître alla encore plus loin : il m'acheta une veste de velours bleu, un pantalon de laine et un chapeau de feutre, enfin tout ce qu'il m'avait promis. Du velours ! Pour moi qui n'avais jamais porté que de la grosse toile ! Un chapeau, à moi qui n'avais jamais eu le moindre bonnet ! Vraiment, je reconnus que mon maître était le meilleur des hommes !

Oh ! Certes ! Le velours n'était pas très neuf, il était assez difficile de reconnaître sa véritable couleur d'origine, quant au chapeau de feutre, en avait-il seulement jamais eu une ? Mais j'avais hâte de revêtir ces magnifiques vêtements. Cependant, avant de me les remettre, Vitalis leur fit subir une transformation qui me jeta dans l'étonnement le plus douloureux.

En rentrant à l'auberge, il prit dans son sac une paire

de ciseaux et coupa les deux jambes du pantalon à hauteur des genoux. Je le regardais faire, effaré.

« C'est, m'expliqua-t-il, à seule fin que tu ne sois pas habillé comme tout le monde. Nous sommes en France, eh bien je t'habille en Italien. Si nous étions en Italie, comme il est possible que cela arrive, je t'habillerais en Français ! »

Ma perplexité le fit sourire.

« Tu dois comprendre une chose, mon garçon : que sommes-nous ? Des artistes, n'est-ce-pas ? Des gens dont le seul aspect doit provoquer la curiosité. Alors crois-tu que nous étonnerions les gens en étant vêtus comme tout le monde ? Apprends que dans la vie, c'est l'aspect extérieur qui frappe les gens, c'est souvent bien triste, mais c'est ainsi. »

Ce qui fit que, Français le matin, j'étais devenu Italien le soir. Mon pantalon s'arrêtait désormais au genou, mais j'avais des bas de laine serrés de rubans rouges croisés sur le devant, une large ceinture de laine, et, à mon chapeau, des rubans qui retenaient des fleurs faites de houppes de laine. Je ne sais au juste ce que d'autres enfants auraient pu penser de cet étrange costume, mais pour ma part, j'étais enchanté, et les compliments de mon ami Capi qui me sautait aux genoux en aboyant avec enthousiasme m'allaient droit au cœur !

J'en étais d'autant plus content que tout le temps qu'avait duré ma toilette, le petit singe, Joli-Cœur, n'avait cessé de se moquer de moi en imitant mes attitudes avec une exagération grotesque, puis comme je m'admirai dans un miroir, il se renversa en arrière en poussant de petits rires de fatuité et en se balançant d'une jambe à l'autre, les mains sur la tête.

J'avoue que cette moquerie m'était tout à fait désagréable, encore que l'opinion des savants diffère sur le point de savoir si, oui ou non, les singes comprennent ce qu'ils font ou s'ils se bornent à nous «singer». Pour moi, j'ai toujours cru – et je crois toujours – que Joli-Cœur se moquait parfaitement de moi et qu'il riait à se tenir les côtes.

« C'est parfait, me dit Vitalis après avoir examiné mon costume d'un œil critique. Maintenant, il faut nous mettre au travail pour que tu puisses débuter dès demain, qui est jour de marché. »

Comme j'ignorais ce que signifiait le mot «débuter», Vitalis m'expliqua que c'était paraître pour la première fois au théâtre et jouer un rôle.

Il vit bien que je ne comprenais pas davantage.

« Je veux dire le rôle que tu auras à faire dans notre spectacle. Tu comprends bien que si je t'ai emmené avec moi, c'est en partie pour me tenir compagnie, comme je l'ai dit à ton Barberin, en partie aussi pour t'éviter l'hospice, mais qu'en échange il faut que tu aides à gagner ta vie, car je ne suis pas riche, tu as pu le constater. Tu dois donc participer au spectacle et pour cela il faut que nous répétions ton rôle ensemble.

– Mais je n'ai jamais fait cela de ma vie ! m'exclamai-je, consterné.

– Et Capi, crois-tu qu'il est né comédien ? Et Joli-Cœur ? Il leur a fallu travailler dur pour apprendre à sauter à la corde ou à marcher sur leurs pattes de derrière ! Allons, mettons-nous au travail. »

Jusqu'alors, je croyais que travailler voulait dire labourer la terre, traire les vaches ou fendre du bois; j'appris ce jour-là qu'il y a bien des travaux, sur cette terre.

« La pièce que nous allons représenter, continua Vitalis, s'appelle *Le Domestique de Monsieur Joli-Cœur,* ou *Le plus bête des deux n'est pas celui qu'on pense.*

Voici le sujet : M. Joli-Cœur a eu jusqu'alors un domestique dont il était très content, M. Capi. Mais M. Capi devient vieux et M. Joli-Cœur voudrait un autre domestique plus jeune. Capi se charge de se trouver un successeur, mais au lieu de prendre un autre chien, il présente à son maître un jeune paysan nommé Rémi.

– Rémi comme moi ?

– Non pas comme toi, mais bien toi-même ! Et tu arrives tout droit de ton village pour entrer au service de Joli-Cœur.

– Mais les singes n'ont pas de domestique !

– Dans la vie, non, mais au théâtre, si, bien sûr ! Et M. Joli-Cœur commence par trouver que tu as l'air d'un imbécile.

– Cela n'a rien d'amusant ! fis-je avec une moue.

– Qu'est-ce que cela peut faire puisque c'est du théâtre ? C'est pour rire ! D'ailleurs, essayons. Imagine que tu arrives chez un monsieur que tu ne connais pas et que tu dois mettre la table dans les règles de l'art. Voici la table qui doit servir à nos représentations, voici les objets, essaie.»

Je m'avançai vers la table en me demandant quoi faire et je regardai les objets entassés avec inquiétude. Je restai un moment immobile, la bouche ouverte et les bras ballants, en me demandant par quoi commencer.

«Bravo! s'exclama mon maître en battant des mains, très bien! Excellent! Le garçon que j'avais avant toi prenait une mine futée avec l'air de dire : « Vous allez voir comme je fais bien l'imbécile !» C'était complètement manqué. Toi, au contraire, tu ne dis rien et tu prends l'air complètement ahuri et c'est exactement ce qu'il faut faire.

– Mais c'est que je ne sais vraiment pas !

– Et c'est comme cela qu'il faut jouer. Dans quelques

jours, tu sauras au contraire parfaitement ce que tu dois faire, il faudra alors faire très attention à conserver exactement les gestes et la physionomie que tu as eus à l'instant même, et c'est en cela que réside la difficulté d'être un bon comédien. Comprends-tu ? Ce qui est d'aspect naturel est en réalité de l'art ! »

La pièce que nous répétions n'était pas longue, une vingtaine de minutes au maximum, mais Vitalis nous la fit répéter au moins trois heures, recommençant sans cesse chaque mouvement, car les chiens et le singe ne l'ayant pas jouée depuis longtemps, ils en avaient oublié certaines parties et il fallait les leur faire réapprendre. C'est alors que je vis combien mon maître avait de douceur et de patience. Chez nous, au village, on se faisait obéir des animaux par des coups ou des cris. Au contraire, et bien que Joli-Cœur se trompât souvent et parfois exprès, à ce qu'il me semblait, jamais Vitalis n'éleva la voix, jamais il ne se mit en colère.

« C'est pour une raison simple, me dit mon maître quand je lui en fis la remarque, j'obtiendrais l'effet contraire. Joli-Cœur est sans doute plus intelligent que les chiens, mais il n'a pas de patience ni de docilité. Il apprend vite, mais il l'oublie aussitôt. Et il ne fait pas avec plaisir ce qu'on lui demande. C'est sa nature et voilà pourquoi je ne me fâche pas contre lui. Si cela t'étonne, c'est aussi parce que tu as toujours vécu avec les paysans qui ne parlent le plus souvent aux bêtes que le bâton levé.

– Pas Mère Barberin ! m'écriai-je, elle était au contraire très douce avec notre vache, la Roussette, avant qu'il faille la vendre !

– Cela me donne une bonne opinion d'elle, et elle avait raison. Elle savait qu'on obtient plus de choses par la douceur que par la crainte. »

Je dois dire que la perspective de jouer pour la première fois de ma vie la comédie en public me tint éveillé une partie de la nuit et que le lendemain matin, le cœur me battait bien fort lorsque nous quittâmes l'auberge pour nous rendre sur la place du marché.

Vitalis ouvrait la marche, la tête levée, sa grande barbe blanche étalée sur la poitrine, et marquant le pas au son d'une valse qu'il jouait sur un petit fifre de métal brillant. Derrière lui venait Capi, le bonnet de police en bataille, portant sur son dos M. Joli-Cœur en habit de général anglais, veste et pantalon rouges, galonnés d'or, et ayant fièrement sur la tête un bicorne orné de plumes.

Derrière, à distance respectueuse, s'avançaient sur

une même ligne Zerbino et Dolce et enfin je fermais la marche, ce qui, grâce à l'espacement soigneusement fixé par Vitalis, formait une procession d'une certaine longueur.

Le fifre aigu du vieil homme faisait merveille, les gens accouraient sur le pas de leur porte pour nous voir passer, les rideaux se soulevaient aux fenêtres et plusieurs enfants nous accompagnaient déjà. Quand nous arrivâmes sur la place, nous avions un véritable cortège.

Vitalis dressa la salle de spectacle : une longue corde attachée à quatre arbres de façon à former un rectangle au milieu duquel nous nous plaçâmes.

La première partie du spectacle consista en différents tours exécutés par les chiens, mais je n'en vis rien, j'étais trop occupé à repasser mon rôle en moi-même, envahi d'une espèce d'angoisse. Tout ce que je me rappelle, c'est que Vitalis avait remplacé son fifre par un violon dont il jouait tout aussi bien.

La première pièce terminée, Capi saisit une sébile dans sa gueule et fit le tour de «l'honorable société». Je fus étonné de la façon dont il remplit ce rôle, cherchant entre les jambes des spectateurs ceux qui ne voulaient pas donner leur pièce et restant devant eux avec la sébile entre les dents d'un air patient et interrogateur. Les autres spectateurs riaient, plaisantaient le voisin avare et finalement, bon gré mal gré, le récalcitrant mettait la main à la poche.

La quête prit fin, hélas. Je dis «hélas», parce que c'était à Joli-Cœur et à moi d'entrer en scène ! J'étais absolument terrifié.

« Mesdames et Messieurs ! annonça Vitalis en faisant de grands gestes avec son violon et son archet, notre spectacle va continuer par une charmante comédie intitulée *Le Domestique de M. Joli-Cœur,* ou *Le plus bête des deux n'est pas celui qu'on pense.* Un homme comme moi ne s'abaisse pas à faire éloge de ses pièces et de ses acteurs : je ne vous dis qu'une chose : regardez, écoutez, et apprêtez-vous à applaudir ! »

Cette « charmante comédie » devait nécessairement être une pantomime, c'est-à-dire sans paroles, pour la bonne raison que j'étais le seul des acteurs à être doué de la parole. Mais Vitalis suppléait à ce que le spectacle pouvait avoir d'incompréhensible en disant parfois quelques mots d'explication sur ce qui se passait et en jouant du violon dont il tirait des sons très expressifs. C'est ainsi qu'une marche guerrière annonça l'arrivée de M. Joli-Cœur, général anglais qui avait gagné ses grades et sa fortune dans les guerres des Indes. Je ne voyais personne, je ne regardais plus rien, j'agissais machinalement. Mais cela n'avait pas l'air de trop mal marcher et quand, écœuré de ma stupidité, le général décidait de me faire servir un repas pour voir si je ne serais pas un peu plus intelligent après avoir mangé et que m'asseyant à table je tournais et retournais la serviette d'un air embarrassé pour, enfin, me moucher dedans, qu'à ce spectacle le général levait les bras au ciel d'un air désespéré tandis que Capi se jetait à terre les quatre pattes en l'air en donnant toutes les apparences du fou rire, les spectateurs éclatèrent de rire à leur tour. En revanche, Joli-Cœur manifestait une adresse étonnante dans tous les exercices et souleva l'admiration en se curant les dents à la fin de son repas !

Les applaudissements éclatèrent de tous côtés et la représentation fut un triomphe.

En revenant à l'auberge, Vitalis me fit compliment pour mon parfait air de bêtise, et j'étais devenu si bien comédien que je fus très fier de ce compliment un peu étrange.

CHAPITRE V

J'apprends à lire

ertes, les comédiens de la troupe – je parle des chiens et du singe – étaient de bons acteurs, mais il faut avouer que leur répertoire restait assez limité. Il ne fallait donc jamais rester trop longtemps dans la même ville sous peine de perdre l'intérêt des badauds. Trois jours plus tard, nous nous remîmes en marche.

« Où allons-nous ? demandai-je à mon maître.

– Tu connais le pays ? me répondit-il en me regardant.

– Non !

– Alors pourquoi me demandes-tu cela ?

– Mais... dis-je, c'est pour savoir !

– Et pour savoir quoi ? Si je te dis que nous allons à Aurillac, puis que nous irons de là à Bordeaux et que de Bordeaux nous nous dirigerons sur les Pyrénées, en seras-tu plus avancé ?

– Mais vous connaissez ce pays, alors ? demandai-je perplexe.

– C'est la première fois que j'y mets les pieds !

– Mais alors, comment faites-vous ? »

Vitalis me regarda longuement d'un air songeur :

« Dis-moi, finit-il par dire, tu ne sais pas lire, n'est-ce pas ?

– Non, dis-je.

– Sais-tu ce que c'est qu'un livre ?

– Oh oui ! dis-je tout glorieux, j'en ai vu à l'église, de ces livres que les gens emportent à la messe et dans lesquels ils lisent des prières !

– Bon, dit Vitalis, puisqu'on peut y mettre des prières, tu comprends bien qu'on peut y mettre autre chose. Et il existe beaucoup de livres. C'est ainsi que des gens ont visité le pays où nous allons, ont écrit ce qu'ils ont vu dans des livres et que je n'ai qu'à lire ces livres pour connaître d'avance le pays où nous allons. C'est très simple. »

Ce fut pour moi une idée vraiment nouvelle. A cette époque, de nombreux villages de France n'avaient même pas d'école. Le nôtre en avait une, mais je n'y étais allé qu'un mois. Et pendant ce mois, on ne m'avait même pas montré un livre. La raison en était simple : je ne sais si notre maître était savant ou non, mais il était pauvre. Chaque élève payait une somme de cinquante centimes par mois pour l'école et comme nous étions douze, le maître touchait six francs par mois. Cette somme ridicule - quoique évidemment plus importante autrefois que de nos jours - ne suffisait évidemment pas à les faire vivre, lui et sa fille. Et comme son véritable métier était de faire des sabots, il faisait des sabots pendant les heures de classe et se déchargeait des leçons sur sa fille. Mais comme celle-ci était couturière, elle cousait du matin au soir, et voilà comment je n'avais pas même vu un livre en un mois. Je ne savais même pas l'alphabet !

« Est-ce difficile d'apprendre à lire ? demandai-je à Vitalis au bout d'un moment de réflexion.

– Cela dépend, me répondit-il, c'est difficile si l'on a la tête dure ou de la mauvaise volonté. As-tu la tête dure ?

– Je ne sais pas, mais je crois que si vous vouliez bien m'apprendre, je n'aurais pas de mauvaise volonté !

– Eh bien, nous verrons, nous avons du temps devant nous. »

Et les jours suivants, il imagina un singulier livre de lecture : il tailla dans une planche mince de petits carrés de bois sur lesquels il grava des lettres qu'il me fit apprendre par cœur. Mes poches étaient pleines de petits morceaux de bois et je sus bientôt l'alphabet. Mais ce fut plus long pour apprendre à lire et assembler les lettres ! Je fus parfois découragé et regrettai amèrement d'avoir voulu apprendre à lire. Mais l'amour propre me sauva : Vitalis avait pensé que puisqu'il m'apprenait à lire, il pouvait bien faire d'une pierre deux coups, et il avait entrepris d'apprendre en même temps à lire à Capi ! Et Capi faisait des progrès plus rapides que les miens ! Cependant, au bout d'un certain temps, Capi resta loin derrière, avant d'arriver au bout de ses possibilités, tandis que, triomphalement je progressais toujours. Bientôt, je sus lire.

« Maintenant qu'un livre ne te fait plus peur, me dit un jour Vitalis, veux-tu apprendre à lire la musique ?

– Est-ce que quand je saurai lire la musique, je pourrai chanter comme vous ?

– Chanter comme moi ? me dit-il d'une voix singulière, tu voudrais chanter comme moi ?

– Pas aussi bien que vous, bien sûr, mais j'aimerais bien chanter, oui ! »

Il faut dire que quelquefois, Vitalis chantait et, sans

que je le lui aie jamais dit, je trouvais cela très beau.

« Tu aimes quand je chante ?

– J'aime beaucoup ! m'écriai-je, je ne sais pas pourquoi, mais quand vous chantez, cela me fait tout drôle : si c'est un air triste, je me sens triste, si c'est un air doux, je pense à Mère Barberin, ou bien j'ai envie de courir et de sauter si c'est un air gai. Et pourtant je ne comprends pas ce que vous dites, puisque c'est de l'italien. Cela doit vous sembler bête, ce que je dis ? »

Comme il ne me répondait pas, je le regardai avec inquiétude et je vis qu'il avait les yeux tout brillants, comme s'il allait pleurer.

« Non, mon enfant, me dit-il d'une voix basse et émue, non ce n'est pas bête. Au contraire, cela me rappelle ma jeunesse et mon bon temps. Sois tranquille, mon petit Rémi, je t'apprendrai à chanter ! Et toi aussi, tu seras applaudi et tu feras pleurer les gens, car tu as du cœur, mon enfant ! »

Puis il poussa un gros soupir et se tut.

Ce ne fut que bien plus tard que je sus quelle émotion avait été la sienne ce jour-là.

Et le lendemain il se mit à m'apprendre la musique.

Naturellement, toute cette éducation ne se fit pas en quelques jours et souvent Vitalis, si patient d'habitude, s'exclamait :

« Avec les animaux, on se contient, parce qu'on sait que ce ne sont que des animaux, mais toi, tu me feras mourir ! »

Puis, un jour, je sus à peu près solfier un air et Vitalis me donna une petite tape sur la joue en me disant que j'étais un bon garçon.

J'appris aussi beaucoup de choses en voyageant et en regardant autour de moi. Et aussi, par ce continuel exercice, je devenais plus fort. Vivant en plein air, à la dure, marchant sans cesse, respirant à pleins poumons, je n'étais plus l'enfant chétif que Barberin avait vendu.

Nous avancions droit devant nous, nous avions franchi l'Auvergne, les Cévennes, le Languedoc. Quand les villages nous paraissaient suffisamment riches, nous y faisions une entrée triomphale, au son du fifre de Vitalis. Si le cortège qui nous accompagnait était suffisamment nombreux, nous faisions halte sur la place et nous donnions une représentation, sinon nous continuions notre chemin. Dans les villes seulement nous nous arrêtions plusieurs jours.

Je commençais à me demander sérieusement qui pouvait bien être en réalité mon maître. Comment savait-il tant de choses, comment avait-il connu tant de gens ? Un jour en passant devant une pauvre maison, dans un village appelé La Bastide-Murat, il m'avait raconté comment était né à cet endroit un homme appelé Joachim Murat, qui, de simple garçon d'écurie, était devenu roi en Italie, à Naples. Il en parlait avec tant de détails que je lui dis :

« On dirait que vous l'avez connu !

– C'est que je l'ai connu, en effet.

– Quand il était garçon d'écurie ? demandai-je naïvement.

– Non, répondit Vitalis en souriant, quand il était roi, au contraire ! Et j'ai plusieurs fois parlé avec lui ! »

Mon air de stupéfaction le fit rire.

Tout cela était bien mystérieux.

Nous arrivâmes finalement à Bordeaux : cette immense ville, la plus grande que j'aie jamais vue, m'effraya tout d'abord. Nous y restâmes assez longtemps car il y avait suffisamment d'habitants pour qu'en changeant de quartier nous puissions également changer de public. Puis nous quittâmes Bordeaux pour aller à Pau.

CHAPITRE VI

Devant la justice

ai gardé un bon souvenir de Pau. Il n'y fait presque jamais de vent, et comme nous y passâmes l'hiver, ce fut bien agréable pour moi. Nous y restâmes tout l'hiver, dis-je, non pas que la ville fût très grande, mais elle était habitée par de nombreuses familles anglaises qui passaient la mauvaise saison dans le Midi, et leurs nombreux enfants ne se lassaient jamais de nos spectacles, en sorte que les recettes étaient fructueuses, sans parler des biscuits et des bonbons que nos jeunes spectateurs offraient aux chiens, à Joli-Cœur et à moi-même.

Puis, à la fin de l'hiver, les Anglais quittèrent Pau pour retourner chez eux, nous n'eûmes plus de public et nous reprîmes notre route.

J'étais plus chargé qu'auparavant, car je portais maintenant sur mon dos une harpe légère, dont Vitalis m'apprenait à jouer. Je savais déjà passablement quelques morceaux et je savais réellement bien m'accompagner pour une *canzonetta* napolitaine que mon maître m'avait apprise et qui avait toujours beaucoup de succès.

De Pau nous allâmes à Toulouse, une bien plus grande ville. Nous cherchâmes aussitôt, selon notre habitude, les endroits les meilleurs pour donner une représentation. Il y en avait un grand nombre, surtout près du Jardin des Plantes, où viennent déboucher des boulevards que l'on appelle des *allées*. C'est dans une de ces allées que nous nous installâmes et nous eûmes tout de suite un nombreux public.

Par malheur, l'agent de police qui surveillait cet endroit vit notre arrivée d'un mauvais œil, je n'ai jamais su pourquoi, et décida de nous faire partir. Vitalis aurait sans doute dû céder sans protestation, cela eût mieux convenu à des gens dans notre situation de vagabonds, mais ce jour-là, il ne voulut pas céder. Et lorsqu'il sentait la colère le gagner, il s'en défendait en employant une politesse exagérée avec une ironie tout italienne : il feignait de s'adresser aux gens comme s'ils avaient été de très grands personnages :

« Le très honorable représentant de l'autorité, dit-il en répondant chapeau bas à l'agent, peut-il me montrer un règlement émanant de ladite autorité, par lequel il serait interdit à d'infimes baladins tels que nous d'exercer leur chétive industrie sur cette place publique ? »

L'agent répondit qu'il n'y avait pas à discuter, mais à obéir.

« Assurément, répondit Vitalis, et c'est bien ainsi que je l'entends; je vous promets en conséquence de me conformer à vos ordres légitimes aussitôt que vous m'aurez fait savoir en vertu de quels règlements vous les donnez. »

Ce jour-là, l'agent nous tourna le dos en grommelant. Mais le lendemain, il revint et, en plein milieu de la

représentation, enjamba la corde qui nous séparait du public.

« Vous avez des chiens, dit-il sans préambule à Vitalis, vous devez leur mettre une muselière, ils peuvent être dangereux.

– Museler mes chiens ? s'écria Vitalis.

– Parfaitement, il y a un règlement de police et vous devez le connaître ! »

Le public protesta : « N'interrompez pas ! Laissez finir la représentation ! » entendait-on de tous côtés.

Vitalis réclama le silence d'un grand geste :

« Le très respectable représentant de l'autorité n'a-t-il

point dit que je devais museler mes comédiens ? dit-il avec un grand salut.

– Exactement, et plus vite que cela.

– Museler Capi ! s'écria Vitalis avec un désespoir comique, museler Zerbino ! museler la signora Dolce ! Mais votre Seigneurie n'y songe pas ? Comment le docteur Capi pourrait-il, lui qui est connu de l'univers entier, administrer sa potion à sa malade ? C'est par la bouche, notre seigneur, que se prend la potion ! Capi n'oserait jamais l'administrer ailleurs devant une si noble assemblée ! »

Le public se tenait les côtes. Tout le monde approuvait Vitalis, tout le monde se moquait de l'agent qui roulait des yeux furieux, et surtout on s'amusait des gambades de Joli-Cœur qui, en affectant des postures grostesques, calquait son attitude sur les gestes de l'agent sans que celui-ci s'en aperçût.

Exaspéré, l'agent tourna subitement les talons et aperçut le petit singe qui, le poing sur la hanche, la taille rejetée en arrière dans son costume de général, soufflait dans ses joues avec un air terrible. L'agent, pâle de rage, se mesura un moment du regard avec le ridicule petit animal, spectacle si bouffon que le public hurlait de rire.

« Si demain vos chiens ne sont pas muselés... menaça l'agent en s'éloignant brusquement à grands pas.

– À demain, Signor, à demain », susurra Vitalis en le raccompagnant chapeau bas jusqu'à la corde.

Vitalis s'excusa auprès du public et la représentation continua.

Nous fîmes une superbe recette.

Mais le soir, lorsque je lui en parlai, Vitalis me déclara qu'il ne musèlerait en aucun cas les chiens.

« Sois tranquille, me dit-il, je m'arrangerai pour ne

pas avoir d'ennuis, mais je réserve à cet agent un rôle comique de premier plan dans une petite scène que j'ai inventée à son intention. Cette fois, le public va bien s'amuser. Mais pour cela, il faudra que je n'arrive qu'après toi. Tu iras tout d'abord seul avec Joli-Cœur et tu joueras de la harpe pour attirer les gens. Quand il y aura suffisamment de monde, j'arriverai avec les chiens. »

Ce plan dont je ne savais rien ne me disait rien qui vaille. Néanmoins, le lendemain matin, j'obéis, je pris ma harpe, tendis les cordes et me mis à jouer tandis que Joli-Cœur faisait des gambades.

Le public de la veille était revenu pour voir la suite de cette étrange guerre entre l'autorité et le musicien.

Plusieurs personnes me demandèrent si « l'Italien ne viendrait pas ».

« Il va arriver bientôt », répondais-je.

Mais ce fut l'agent de police qui arriva le premier. Il était furieux d'avance et marchait à grandes enjambées devant les cordes, les mains dans le dos et les sourcils froncés.

Bien entendu, Joli-Cœur ne put résister au plaisir de se moquer de lui et se mit à marcher de la même façon, de l'autre côté des cordes, les mains dans le dos et à grandes enjambées. Le public éclata de rire. L'agent roula des yeux furieux, ce qui augmenta l'hilarité du public.

J'avais bonne envie de rire, moi aussi, mais j'étais sérieusement inquiet. Comment tout cela allait-il finir? Je ne savais absolument pas quoi répondre à l'agent s'il m'adressait la parole.

En attendant, pour ne pas envenimer les choses, j'appelai Joli-Cœur pour lui faire cesser ce manège, ordre dont il ne tint évidemment aucun compte, au contraire. Je ne sais comment cela se fait, mais l'agent, sans doute aveuglé par la colère, crut que j'excitais l'animal et enjamba la corde!

En deux pas il était sur moi et je roulai à terre sous l'effet d'une formidable gifle !

Quand je me remis sur mes jambes en ouvrant les yeux, je vis Vitalis, arrivé je ne sais comment, qui tenait le poignet de l'agent et disait d'une voix tonnante :

« Je vous défends de frapper cet enfant ! Ce que vous avez fait est une lâcheté ! »

Ses yeux lançaient des éclairs ! Sa belle tête encadrée de cheveux blancs rayonnait d'une indignation et d'une noblesse impossibles à décrire !

L'agent, fou de colère, essayait de dégager sa main, mais Vitalis la serrait encore plus fort. Finalement, il agrippa mon maître au collet et le poussa rudement. Vitalis, indigné, leva le poing et frappa le bras de l'agent pour lui faire lâcher prise à son tour.

Cinq minutes plus tard, Vitalis était entraîné au poste pour rébellion à l'autorité publique, et je rentrai à l'auberge bien tristement, avec les chiens et ma harpe, sur l'ordre de mon maître. Les chiens avaient encore leur muselière. C'était là l'idée de Vitalis : il les avait muselés avec des rubans de soie ! Des muselières de théâtre !

Je ne savais absolument pas quoi faire, n'ayant que quelques sous en poche. Je restai à l'auberge en attendant son retour.

Trois jours plus tard, je reçus une lettre de Vitalis me disant qu'il allait passer en jugement et qu'en attendant, on le retenait en prison.

Le samedi, j'allai au Palais de Justice pour assister à l'audience et au procès de Vitalis.

Il fut condamné à deux mois de prison et cent francs d'amende.

CHAPITRE VII

En bateau

uand je rentrai à l'auberge le cœur gros, l'aubergiste m'attendait.

« Et alors, petit ? Comment cela s'est-il passé ?

– Condamné à deux mois de prison et cent francs d'amende !

– Ah, diable ! »

Il se lança dans un long discours : comme quoi on lui devait déjà pas mal d'argent, que, malgré sa bonté naturelle, il était évidemment dans l'impossibilité de nourrir un garçon, trois chiens et un singe pendant deux mois sans savoir s'il serait jamais payé, et que je n'avais qu'à m'en aller gagner ma vie, avec mes chiens et mon singe, et revenir dans deux mois, période pendant laquelle il se chargeait très aimablement de garder nos affaires et même nos lettres s'il en arrivait.

« Mais, lui dis-je, c'est que j'en ai besoin, de nos affaires, je n'ai rien, moi !

– C'est bien possible, me répondit-il, mais ces affaires,

comme tu dis, sont pour moi une caution. En conséquence, dégage, toi et tes animaux !

– Mais, dis-je tout à fait désespéré, je pourrais travailler pour vous ! Cela paierait ma dépense !

– Et à quoi veux-tu me servir ? À me distraire avec tes chiens ? Allons, mon enfant, sois raisonnable, il faut que chacun gagne sa vie, va gagner la tienne et que Dieu te protège ! »

Je restai devant une porte close, une porte close qui enfermait tout ce que nous possédions ! J'en aurais pleuré ! Hélas, je n'avais que onze sous dans ma poche !

Je dus partir bien tristement, avec mes onze sous, ma harpe sur le dos et mes quatre animaux, au hasard, droit devant moi. L'affaire du sergent de ville m'avait convaincu que j'avais tout à perdre en restant à Toulouse.

À quoi bon décrire ces quelques horribles jours où je marchai droit devant moi, au hasard des routes, essayant de village en village de donner des représentations qui se terminaient toujours par l'apparition d'un garde-champêtre qui me forçait à partir avant d'avoir fait ma quête, avec des animaux inquiets et de plus en plus indociles, qui ne m'obéissaient nullement comme à Vitalis ?

Une fois, Zerbino entra dans une boucherie et en ressortit au galop avec un gros morceau de viande entre les dents : je m'enfuis avec Capi, Dolce et Joli-Cœur. Quand Zerbino nous rejoignit, j'essayai de la méthode calme et forte de mon maître : cela ne réussit pas. Au premier mot courroucé, Zerbino s'enfuit dans la campagne. Je déposai ma harpe – nous étions sur le bord d'une sorte de canal – et j'ordonnai à Capi de me ramener le coupable. Capi obéit, visiblement à contrecœur. Deux heures plus tard, il revint seul, l'oreille basse, Zerbino était parti ! Pour ce qu'il me restait de pain à partager entre les deux chiens, le singe et moi, c'était aussi bien. J'avais envie de me coucher et de mourir. Nous avions été chassés de partout, nous n'avions plus un sou ; Vitalis était en prison et je ne savais vraiment que faire.

Dans cette détresse, j'eus l'idée de prendre ma harpe et de jouer quelque chose. Je me disais que, plutôt que d'attendre que les autres chiens partent à l'aventure à leur tour, il valait mieux leur donner leur exercice habituel. Tout d'abord, ils n'en avaient guère envie, un bon dîner eût bien mieux fait leur affaire.

Pourtant, au bout d'un moment, la musique eut sur eux son effet habituel. La petite valse que je jouais passablement bien vint à bout de leur mauvaise humeur et, entraînés par les notes, ils se dressèrent comme d'habitude sur leurs pattes de derrière et se mirent à valser. Pensant à Vitalis, je jouais de plus en plus fort, avec de plus en plus d'entrain, jusqu'au moment où, oh ! surprise ! une sorte de boule noire sortit d'un fourré et vint prendre sa place dans la danse ! C'était Zerbino, qui, sans le moindre scrupule ni le moindre remords, revenait prendre sa place dans le quadrille !

À ce moment, j'entendis derrière moi des applaudissements et une voix qui criait :

« Bravo ! Bravo ! Encore ! »

Je me retournai tout effaré, et je vis, à ma grande stupéfaction que notre représentation avait des spectateurs !

Oui ! Il y avait un bateau sur le canal ! Mais un bateau comme je n'en avais jamais vu ! C'était une sorte de péniche sur laquelle on avait tout simplement construit une maison ! Les deux chevaux qui traînaient cette singulière péniche étaient tranquillement arrêtés sur la rive opposée et broutaient des buissons.

Le bateau lui-même, plus court que les péniches

ordinaires, avait une véranda vitrée à l'avant, ombragée par des plantes grimpantes dont le feuillage accroché en cascades vertes, tombait de-çà, de-là. Sous cette véranda, j'aperçus, couché sur un lit rigide, un enfant blond qui battait des mains : c'était lui qui avait crié bravo !

Remis de ma surprise, je soulevai mon chapeau pour le remercier.

« Est-ce pour votre plaisir que vous jouez ? demanda à haute voix une dame à l'accent étranger qui était assise à côté de l'enfant blond.

– Eh bien, dis-je, c'est surtout pour faire travailler mes comédiens, et aussi, pour... pour me distraire ! »

Je n'osais dire : « Pour nous faire oublier la faim ! »

« Voulez-vous jouer encore ? » me demanda la dame.

Jouer ? Pour un public qui m'arrivait si à propos ? Le premier depuis plusieurs jours ? On se doute si je me fis prier ! Tout notre répertoire y passa. L'enfant blond riait aux éclats en battant des mains. Je jouai tout d'abord une valse. Capi et Dolce, debout sur leur pattes de derrière et langoureusement enlacés, dansèrent ensemble. Puis Joli-Cœur dans un cavalier seul tout à fait divertissant. Il semblait que tous mes artistes avaient compris que le salaire de leurs efforts consisterait en un bon dîner qui nous faisait cruellement défaut depuis plusieurs jours.

Une chose m'étonnait, cependant : tout en battant des mains et en riant aux éclats, l'enfant blond du bateau ne bougeait guère : on aurait dit qu'il était attaché sur une planche, dans une immobilité complète. Seuls ses bras avaient liberté de mouvement. Je le voyais parfaitement bien car, insensiblement, le vent avait poussé l'étrange navire contre la berge et je voyais, à quelques mètres de moi à peine, combien il avait l'air pâle et maladif.

« Combien faites-vous payer les places à votre spectacle ? me demanda finalement la dame lorsque nous eûmes joué les trois quarts de notre répertoire.

– Cela dépend, Madame, répondis-je, on paye selon le plaisir qu'on a éprouvé !

– Alors Maman, dit l'enfant vivement, il faut lui donner beaucoup d'argent ! »

Puis il ajouta quelques mots dans une langue que je ne connaissais pas.

« Arthur voudrait voir vos acteurs de plus près ! » dit la dame.

Je fis un signe à Capi qui prit son élan et sauta d'un bond dans le bateau. Les autres chiens suivirent à l'instant même et firent fête à l'enfant blond. Joli-Cœur voulait les suivre : je le retins vivement.

« Pourquoi ? me demanda la dame, le singe est-il méchant ?

– Non, Madame, certainement pas, mais il est désobéissant, j'aurais peur qu'il ne se conduise pas convenablement !

– Le singe ! le singe ! cria Arthur avec enthousiasme, je veux voir le singe !

– Eh bien, dit la dame, c'est simple, embarquez avec lui ! »

Un homme d'équipage, sur un signe de la dame, fixa sur le bord une longue planche qui faisait office de passerelle, et sans crainte de tomber à l'eau, je pus monter à bord avec Joli-Cœur sur une épaule et ma harpe sur l'autre.

« Vous avez des parents, mon enfant ? me demanda la dame tandis que je déposai ma harpe sur le pont de la péniche.

– J'ai un père, Madame, mais je suis seul pour le moment.

– Pour longtemps ?

– Pour deux mois, répondis-je en baissant la tête.

– Deux mois ? Mais mon pauvre enfant, c'est bien longtemps à votre âge !

– Il le faut bien, Madame, dis-je en baissant toujours la tête.

– Je suppose que votre père vous oblige à lui rapporter une certaine somme d'argent au bout de ces deux mois ?

– Pas du tout, dis-je, il ne m'oblige à rien; pourvu que je trouve à vivre avec mes amis, c'est tout ce qu'il demande.

– Et jusqu'à présent, vous avez trouvé à vivre ? »

Cette fois, j'hésitai avant de répondre. Mais elle me parlait avec tant de bonté, sa voix était si douce, son air si compatissant, que je me lançai et, la tête basse, rouge de confusion, je lui racontai toute notre triste histoire.

« Mais, m'interrompit brusquement Arthur qui, attaché sur sa planche, jouait avec les chiens, vous devez avoir faim, alors ? »

Je baissai de nouveau la tête, mais à ce mot qu'ils connaissaient bien, les trois chiens se mirent à aboyer avec force tandis que Joli-Cœur se passait vigoureusement la main sur l'estomac dans un geste terriblement expressif!

La dame se mit à rire et donna dans sa langue quelques ordres à un homme d'équipage : un moment plus tard, nous étions attablés – enfin Joli-Cœur et moi, les chiens restant sous la table – devant un magnifique en-cas : Capi, Zerbino et Dolce dévoraient une splendide pâtée, tandis que Joli-Cœur pensait s'étouffer avec une croûte de pâté! Pour moi, je crois que je pleurais en mangeant.

Je pense que je dévorais avec au moins autant de gloutonnerie que Joli-Cœur !

« Pauvre enfant ! » disait de temps en temps la dame en emplissant mon verre.

Arthur nous regardait d'un air étonné.

– Mais où dînerez-vous demain ? finit-il par me demander.

– Eh bien, répondis-je, j'espère que nous ferons demain une aussi bonne rencontre qu'aujourd'hui !

– Et sinon ?

– Franchement, je ne sais pas ! »

Il me regarda un moment, puis adressa quelques mots à sa mère dans sa langue. Il s'ensuivit une discussion animée.

Enfin l'enfant se retourna vers moi et me dit en français :

« Voulez-vous rester avec nous ? »

Je le regardai tout interdit.

« Oui, insista la dame, mon fils vous demande si vous voulez rester quelque temps avec nous ? Vous voyez qu'il est madale, les médecins ont ordonné de le garder attaché sur cette planche, ce qui est le seul moyen de le sauver et pour qu'il ne s'ennuie pas, nous nous promenons sur ce bateau. Vous resterez avec nous, et vos petits comédiens nous donneront des représentations dont Arthur sera le public. Et si vous voulez bien, vous jouerez aussi de la harpe, je trouve que vous en jouez très bien. Et ainsi, vous n'aurez pas à chercher tous les jours un nouveau public, ce qui n'est pas toujours facile pour un enfant de votre âge ! »

J'étais ébloui ! Il ne me fallut que quelques secondes pour apercevoir tout ce que cette proposition avait de merveilleux pour moi : je pris la main de la dame, et dans un geste instinctif, je la baisai.

Elle me sourit et me passa la main sur le front en disant : « Pauvre petit ! »

Quelques instants plus tard, sur un coup de sifflet de la dame, qu'elle tira d'un petit instrument d'argent, les chevaux tirant le bateau se remettaient en route, le navire merveilleux glissait le long du canal, et moi, entouré de mes amis animaux, je jouais doucement de la harpe à l'avant du navire. L'eau clapotait contre la coque et les rayons du soleil couchant doraient les hauts peupliers frissonnants.

Tout le temps que je jouais les différents morceaux que m'avait appris mon bon maître, Arthur tint la main de sa mère serrée dans la sienne.

J'appris bientôt qui étaient ces protecteurs rencontrés si inopinément.

Mme Milligan était anglaise. Elle était veuve et je croyais Arthur son seul enfant, mais j'appris bientôt qu'elle avait eu jadis un fils aîné qui avait disparu dans des circonstances mystérieuses il y avait bien des années, alors que Mme Milligan était gravement malade après la mort de son mari. Cet enfant, encore au berceau, n'avait jamais été retrouvé, malgré les recherches menées par le beau-frère de Mme Milligan, M. James Milligan. Il est vrai d'ajouter que M. James Milligan n'avait peut-être pas véritablement intérêt à retrouver son neveu car, son frère mort sans enfants, il en devenait l'héritier. Quoi qu'il en soit, si jamais M. Milligan avait eu de sombres pensées, il eût été fortement déçu par la naissance, sept mois après la mort de son père, d'un enfant que l'on appela Arthur. Cependant, cet enfant était chétif et maladif et les médecins assurèrent qu'il ne pourrait vivre. M. Milligan pouvait reprendre espoir. Cependant, contre toute attente, le petit Arthur survécut. Il resta maladif, mais les soins de sa mère le maintinrent en vie. Hélas, après quelques années, il se trouva atteint d'une terrible maladie des os que l'on appelle coxalgie. On avait essayé d'abord de lui faire prendre des eaux sulfureuses, et Mme Milligan avait emmené son fils dans une ville d'eaux des Pyrénées. Le remède n'ayant rien donné on avait essayé une autre méthode, consistant à attacher le pauvre enfant sur une planche sans qu'il pût bouger. Et pour qu'Arthur ne s'ennuie pas trop dans cette terrible situation, elle avait imaginé cet étrange mode de locomotion : faire construire une maison sur une péniche et s'y embarquer, de sorte que sans secousse d'aucune sorte, Arthur voyait défiler le paysage sous ses yeux et ne s'ennuyait pas trop.

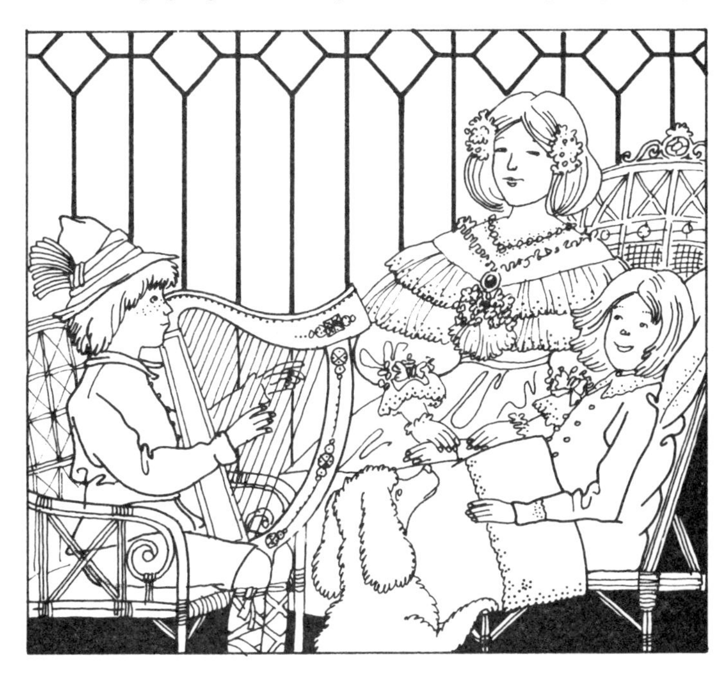

Ils étaient partis de Bordeaux depuis un mois, ils avaient remonté tranquillement la Garonne, puis étaient entrés dans le canal du Midi. Ils pensaient remonter les canaux jusqu'au Rhône, puis, passant par la Saône, arriver, toujours par les canaux, à la Loire, puis à la Seine qu'ils descendraient jusqu'à Rouen pour s'embarquer sur un navire et retourner en Angleterre.

Le jour de mon arrivée sur *le Cygne* – c'était le nom du bateau –, je fis la connaissance de «ma cabine». C'était une minuscule pièce tout en bois, la plus étonnante chambre pour l'imagination d'un enfant. Je m'endormis, enchanté, dans une petite couchette extrêmement confortable, tandis que *le Cygne* oscillait doucement, sous la clarté de la pleine lune qui passait par le petit hublot.

Le lendemain matin, je me levai de bonne heure et allai retrouver les chiens et Joli-Cœur. Joli-Cœur me bouda un moment, il était furieux de ce que je ne l'avais pas emmené dormir avec moi, mais avec sa mobilité d'esprit ordinaire, il n'y pensa bientôt plus.

J'allai saluer Mme Milligan, mais il ne fut pas question de représentation ce matin-là. Mme Milligan faisait travailler Arthur. L'enfant n'avait pas l'air de prendre beaucoup de goût à la leçon, il répétait avec lassitude le texte que sa mère lui faisait lire dans un livre.

Finalement, devant les reproches de sa mère, il se mit à pleurer et Mme Milligan, mécontente, le laissa seul avec mission d'apprendre sa fable.

Je m'approchai et lui demandai pourquoi il était si triste.

« Je n'arrive pas à apprendre cette fable, me répondit-il, c'est si difficile ! »

J'avais bien vu que, si Arthur essayait effectivement avec bonne volonté d'apprendre, en fait son attention ne durait guère et que le moindre papillon lui faisait oublier aussitôt le livre qu'il tenait à la main.

Je pris le livre et la lus trois ou quatre fois.

« Voulez-vous me la faire réciter, maintenant ? demandai-je.

– Comment cela ? me dit-il d'un air ébahi, vous pensez être capable de réciter une fable que vous avez lue cinq minutes ?

– Pourquoi pas ? répondis-je. Et je récitai la fable presque sans faute.

– Comment faites-vous ? » me demanda-t-il les yeux ronds d'étonnement.

Je lui expliquai la méthode que m'avait enseignée Vitalis, c'est-à-dire d'essayer de voir en esprit ce que disait le texte, la rivière, l'agneau, le loup, etc.

Arthur trouva cela tout à fait intéressant et voulut essayer sans plus attendre. Vingt minutes plus tard, quand Mme Milligan revint, Arthur lui récita la fable d'un bout à l'autre sans faute ! Mme Milligan était remplie d'étonnement, et Arthur de fierté.

« C'est lui, dit-il, c'est Rémi qui m'a montré comment apprendre une fable ! »

Mme Milligan me jeta un regard ému :

« Vous êtes un bon garçon ! » me dit-elle.

J'ai raconté tout du long ce petit incident pour expliquer comment ma situation changea entièrement en vingt-quatre heures. La veille, j'étais monté à bord comme montreur de chiens savants pour amuser un enfant malade. Le lendemain, j'étais un camarade d'Arthur, presque un ami.

Cette situation dura plusieurs semaines. Quand je pense, maintenant, aux jours passés sur ce merveilleux navire, je crois que ce furent les jours les plus heureux de mon enfance.

CHAPITRE VIII

Enfant trouvé

Cependant, le temps passait et je pensais de plus en plus à Vitalis. Le moment approchait où il allait enfin sortir de prison, et ce n'était pas sans inquiétude que je nous voyais nous éloigner de plus en plus de Toulouse. Bientôt, il faudrait renoncer aux crèmes à la vanille de la cuisinière du *Cygne,* aux bonnes soirées tranquilles passées à jouer de la harpe ou à bavarder, au bon lit de ma petite cabine. Plus encore, il faudrait renoncer à l'excellente camaraderie d'Arthur !

Et puis, il y avait le chemin de retour à faire à pied !

Je me décidai un jour à parler de mon départ à Mme Milligan.

« Mais je ne veux pas que Rémi s'en aille ! » s'exclama aussitôt Arthur.

Je répondis que je n'étais pas libre de ma personne, que je devais retourner près de mon maître, à qui mes parents m'avaient loué, tout cela sans dire que je ne connaissais pas mes véritables parents, j'aurais eu trop de honte à avouer que j'étais un enfant trouvé !

« Maman, dit alors Arthur d'un ton décidé, il faut retenir Rémi, il ne faut pas qu'il aille de nouveau sur les routes !

– C'est que, dit Mme Milligan d'un ton soucieux, et visiblement partagée, il faudrait deux conditions à cela, tout d'abord que Rémi veuille bien rester...

– Pour cela, j'en fais mon affaire ! s'écria Arthur.

– Ensuite, que son maître consente à renoncer à ses droits sur lui... »

Je pensai subitement que c'était mal à moi de préférer à mon maître des étrangers que je ne connaissais que depuis peu, mais je devais reconnaître que j'aimais beaucoup Mme Milligan et Arthur, de sorte que j'étais très partagé, moi aussi.

« Quoi qu'il en soit, conclut Mme Milligan, Rémi ne retournera pas à pied à Toulouse. Je vais écrire à son maître et lui envoyer les frais de son voyage. J'espère qu'il comprendra que nous ne pouvons pas prendre le train et qu'il acceptera mon invitation. S'il accepte également mes propositions à l'égard de son pupille, il n'y aura plus qu'à écrire aux parents de Rémi pour avoir leur accord. »

Je restai consterné de cette dernière phrase ! Consulter mes parents ? Mais alors on saurait tout de suite que je n'étais qu'un enfant trouvé, et Mme Milligan ne voudrait plus de moi ! Arthur non plus !

Heureusement, Mme Milligan, qui me regardait avec surprise n'insista pas.

Ce fut la première mauvaise nuit que je passais sur *le Cygne*. À force d'y penser, j'en vins à espérer de toutes mes forces que Vitalis refuserait de me céder à Mme Milligan !

Trois jours plus tard, celle-ci reçut une réponse de Vitalis, lui faisant savoir qu'il aurait l'honneur d'accepter son invitation et arriverait le samedi suivant par le train de deux heures.

J'allai l'attendre à la gare, avec les animaux.

Et quand Vitalis descendit, assailli de tous côtés par les chiens enthousiastes, il me serra dans ses bras et m'embrassa pour la première fois, en répétant : « Buon Di ! Povero caro ! »

J'avais tant de choses à lui raconter que je mélangeai tout, et lui, il riait en me regardant de sous ses épais sourcils.

Il alla tout seul voir Mme Milligan à l'hôtel où elle était descendue, et revint une heure après.

« Va faire tes adieux à Mme Milligan, me dit-il, nous partons dans vingt minutes. »

Je crus tomber à la renverse et le regardai hébété.

« Cela t'étonne ? La proposition de Mme Milligan avait du bon, c'est certain. Cependant, je lui ai parlé selon ma conscience. J'aime cet enfant, lui ai-je dit, et je crois qu'il m'aime aussi. Je sais que vous lui donneriez de l'instruction et de l'éducation, c'est incontestable. Vous formeriez son esprit. Moi je formerai son caractère par la vie que nous mènerons ensemble. Cela lui sera plus utile que l'espèce de domesticité déguisée qu'il aurait auprès de vous. Il ne peut être votre fils, il sera le mien. Moi aussi, je l'instruirai ! »

Une demi-heure plus tard, encore tout étourdi des adieux à Mme Milligan et à mon cher Arthur, je marchai sur la route aux côtés de Vitalis. Tout aurait pu être différent si, par un préjugé ridicule, je n'avais caché exprès à Mme Milligan que j'étais un enfant trouvé !

CHAPITRE IX

Neige et Loups

e repris donc ma harpe sur l'épaule et il fallut de nouveau marcher sans fin sur la route, dans la poussière ou dans la boue.

Il fallut de nouveau faire la bête sur les places publiques et rire ou pleurer pour amuser «l'honorable société».

On s'habitue vite au bonheur: la transition fut rude.

Pourtant, mon maître était devenu plus doux qu'autrefois. Cela m'empêchait souvent de pleurer en pensant à Arthur et au *Cygne,* car de même que, auprès d'elle, j'avais souvent pensé à Vitalis, je pensais maintenant à Mme Milligan, alors que j'étais près de Vitalis.

Nous restâmes plusieurs semaines à Lyon, puis nous nous dirigeâmes vers Dijon. Là, le vague espoir que je conservais de revoir *le Cygne,* et qui me faisait guetter tous les cours d'eau que nous passions et interroger parfois les mariniers, disparut, car, chez les libraires de Lyon, j'avais attentivement étudié toutes les cartes de

France que j'avais pu trouver, et je savais que le canal du Centre, que devait emprunter *le Cygne,* se détache de la Saône à Chalon.

Cependant, l'hiver approchait et le temps devenait froid et humide. Nous étions souvent glacés jusqu'aux os et trempés de pluie et de boue. Joli-Cœur était encore plus maussade que moi. La traversée des collines de la Côte-d'Or fut un supplice. Vitalis voulait gagner Paris au plus vite, car c'était là seulement que nous avions des chances de donner des représentations pendant l'hiver, disait-il. Seulement, il fallait y aller à pied.

Quand le temps le permettait, nous donnions de courtes représentations dans les villes ou les gros villages. Jusqu'à Châtillon, les choses allèrent à peu près bien. Mais là, le vent tourna au nord et le froid se fit plus vif. Vitalis craignait que la neige ne se mît à tomber et voulait arriver à Troyes au plus tôt.

Nous ne pûmes y arriver, cependant. Nous en étions à trente kilomètres quand, dans les gros nuages noirs qui couraient sur nos têtes, il y eut bientôt une sorte de clarté livide qui rendait chaque chose étrangement nette. On ne voyait pas âme qui vive dans ce pays désert que nous traversions, pas un village au loin. Et puis vint la neige.

J'ignorais alors ce qu'est une tempête de neige. Il ne me fallut pas longtemps pour l'apprendre.

En peu de temps, nous nous enfoncions dans une épaisse couche glacée, et cela ne semblait pas devoir cesser.

« Nous n'arriverons pas à Troyes ce soir, dit Vitalis au bout d'un moment, il faut trouver un endroit pour passer la nuit. »

Oui, mais où ? On n'y voyait pas à vingt mètres ! Les chiens marchaient sur nos talons, nous demandant un abri que nous ne pouvions pas leur donner. Et de plus, depuis un moment, nous marchions en pleine forêt. La neige s'insinuait partout, se glissant sous ma peau de mouton et fondant en rigoles glacées entre mes épaules. Vitalis regardait fréquemment autour de lui avec attention. Qu'espérait-il donc ? Une auberge ?

Tout à coup, je le vis tendre la main et indiquer quelque chose sur la gauche. Je regardai à mon tour et il me sembla voir ce que je pris pour un tas de bois : c'était une sorte de hutte de branchages, une hutte de charbonnier.

Nous y fûmes en un instant, mais les chiens nous avaient précédés et se roulaient sur le sol sec avec des cris joyeux.

« J'étais à peu près certain de rencontrer une hutte de charbonnier dans cette grande forêt ! Nous voici à l'abri de la neige, au moins !

– Oui, dis-je en allant regarder à la porte d'un air de défi, qu'elle tombe tant qu'elle voudra ! »

La hutte était formée de fagots entassés, sur une épaisseur suffisante pour nous mettre à l'abri des intempéries. Pour être sèche, elle l'était, mais elle était aussi glaciale, car, bien entendu, il n'y avait pas de porte. Heureusement, cinq ou six briques disposées dans un coin nous indiquaient tout naturellement la marche à suivre. Pour avoir du bois, nous en avions, il n'y avait qu'à le prendre aux murs ! Quelques minutes plus tard, une bonne flambée, soigneusement contenue par Vitalis de façon à ne pas incendier notre abri, nous réchauffait.

Quel beau feu ! Quel bon feu !

Joli-Cœur n'avait pas attendu pour sauter hors de la peau de mouton de Vitalis et maintenant, pelotonné près du feu, il tendait vers le foyer ses petites mains noires et tremblantes !

« La neige ne va pas cesser tout de suite, dit Vitalis, je pense qu'il nous faudra passer la nuit là, au moins nous serons au sec. Mais nous n'avons guère de provisions ! »

En effet, nous n'étions pas riches ! L'amende infligée à Vitalis n'avait pas laissé grand-chose de nos gains passés, et, pour m'acheter ma peau de mouton, Vitalis avait vendu sa montre, la grosse montre d'argent sur laquelle Capi lisait l'heure !

Il tira son couteau et partagea équitablement entre

nous ce qui restait de la miche de pain. Ce fut bref. Les chiens nous regardaient d'un œil brillant et intéressé, comme s'ils attendaient la suite du dîner. Dépités, ils finirent par se coucher en boule.

La nuit était venue.

« Dors, me dit Vitalis, je vais rester à veiller et à alimenter le feu. Je te réveillerai dans trois heures pour que tu prennes ma place. »

Je m'endormis comme une masse.

Trois heures plus tard, il me réveilla en effet.

« Tiens, je t'ai préparé une provision de bois, tu n'auras qu'à en mettre de temps en temps dans le foyer, mais fais attention à ne pas mettre le feu à la hutte. »

Vitalis avait en effet le sommeil bien plus léger que moi, et je l'aurais certainement réveillé en tirant du bois de nos singulières murailles.

Je restai donc à alimenter le feu en songeant. Zerbino s'était levé et regardait par la porte, les oreilles pointées.

« Ici ! Zerbino ! Ici ! » dis-je à mi-voix.

Il me regarda sans bouger, puis se remit à scruter la nuit.

« Ma foi, me dis-je, par un temps pareil, il n'y a pas de danger qu'il aille faire un tour dehors ! »

Je m'assis devant le feu, les yeux bien ouverts.

Ce fut un concert d'aboiements furieux qui me réveilla.

Le feu était presque éteint.

« Que se passe-t-il ? demanda Vitalis en se dressant d'un bond. Tu t'es endormi et tu as laissé éteindre le feu ! Mais où sont Zerbino et Dolce ?

– Ils ont dû sortir ! m'exclamai-je terrifié, je vais à leur recherche !

– Mets d'abord une brassée de bois sur le feu ! » m'ordonna Vitalis.

Et lui-même souffla sur les tisons pour les ranimer.

Capi, devant la porte, aboyait sans arrêt. En réponse, il y eut deux ou trois hurlements plaintifs derrière la cabane.

« Ce sont des loups ! dit Vitalis d'une voix brève. Allons voir », ajouta-t-il en prenant une branche enflammée dans sa main. Je l'imitai bien que j'eusse entendu, étant petit, bien des histoires épouvantables sur les loups.

Nous n'eûmes hélas pas de mal, à la lueur de nos brandons, à retrouver la trace de Zerbino et de Dolce, clairement imprimée dans la neige. Mais des deux chiens, nous ne trouvâmes rien d'autre. À un endroit, la neige était piétinée et nous vîmes une large flaque rouge.

« Il n'y a rien à faire, dit Vitalis avec un hochement de tête, les loups les ont égorgés et emportés. Rentrons. »

J'étais accablé. Je voulais courir à la suite des loups, chercher les chiens qui ne seraient pas sortis si je ne m'étais pas endormi ! Nos fidèles compagnons avaient été égorgés par les loups et c'était de ma faute !

De retour à la cabane, où Capi, tremblant, nous avait précédés, une autre surprise nous attendait : Joli-Cœur avait disparu.

Nous l'appelâmes longuement, nous le cherchâmes partout dans l'étroite cahute, en vain.

« Pensez-vous que les loups l'aient emporté, lui aussi ?

– Je ne crois pas, dit Vitalis, ils n'auraient pas osé entrer dans la cabane éclairée. Il a dû être terrifié par les hurlements des loups et s'enfuir quelque part. Le malheur, c'est qu'avec ce froid épouvantable, il risque bien de mourir ! »

Quand le jour se leva, nous le retrouvâmes en effet, dans un arbre où il s'était réfugié. Il tremblait de tous ses membres. Était-ce le froid ? Était-ce la terreur ? Il était absolument glacé.

CHAPITRE X

Monsieur Joli-Cœur

Les nuages avaient disparu ; le soleil se leva et fit étinceler la neige. La forêt était merveilleuse à voir, couverte de neige et de givre. On n'entendait pas le moindre bruit. Le froid était épouvantable.

« Il faut partir immédiatement, dit Vitalis, et gagner un village. Sinon, Joli-Cœur va mourir ici. Il pourrait bien mourir en route, d'ailleurs. Voilà une auberge qui nous aura fait payer cher son hospitalité ! »

On enveloppa soigneusement Joli-Cœur, qui claquait des dents et frissonnait de façon horrible, dans une couverture chauffée devant le feu. Vitalis le fourra dans sa peau de mouton et sortit le premier. Je le suivis tête basse : Vitalis n'avait rien dit sur ma sottise de la nuit.

Après dix minutes de marche, nous croisâmes enfin une charrette dont le conducteur nous apprit qu'à une heure devant nous, nous rencontrerions un village.

Nous avancions lentement, nous avions parfois de la

neige jusqu'à la taille. Mais après plus d'une heure d'efforts, nous arrivâmes au village.

Contrairement à son habitude, Vitalis s'arrêta devant la meilleure auberge. Il entra en prenant ce que j'appelais « son air de Monsieur », le chapeau sur la tête, l'air sûr de lui, et d'un ton ferme, d'une voix sonore, il demanda une bonne chambre. L'hôtelier, tout d'abord un peu surpris des airs de grand seigneur de ce vagabond au singulier costume, hésita puis donna des ordres en conséquence. À peine entrés dans la chambre, Vitalis me donna l'ordre de me coucher. J'obéis sans comprendre.

Vitalis me tira l'édredon jusqu'au menton : « Plus tu auras chaud, me dit-il, mieux cela vaudra. »

Pendant que je commençais à transpirer sous mes couvertures et mon énorme édredon, mon maître tournait et retournait le petit singe devant le feu comme s'il avait voulu le faire rôtir.

Au bout d'un moment, j'étais en nage, mais Joli-Cœur semblait continuer à grelotter. Il était à part cela presque inanimé. Vitalis plaça alors la pauvre bête dans le lit, tout contre moi, et je compris ce qu'il voulait faire : je devais réchauffer Joli-Cœur.

Puis, Vitalis descendit à la cuisine et remonta avec une tasse de vin chaud et sucré. Il essaya de faire boire quelques gorgées de ce breuvage à Joli-Cœur, mais le petit singe gardait les dents serrées et, les yeux brillants, tendait désespérément son bras maigre en direction de Vitalis.

Je me demandai la raison de ce geste : Vitalis me l'expliqua. Longtemps avant mon entrée dans la troupe, Joli-Cœur avait eu une fluxion de poitrine et on l'avait sauvé en le saignant au bras. Il demandait le même traitement. Ce geste rendit Vitalis fort inquiet. Il prit son chapeau et sortit. Un moment plus tard il était de

retour avec un petit homme court et bedonnant, portant des lunettes d'or. C'était un médecin. Mais craignant que le médecin ne voulût pas se déranger pour un singe, Vitalis ne lui avait pas spécifié qui exactement était malade.

Le médecin en conclut tout naturellement que c'était moi, puisque j'étais au lit, et de surcroît, comme j'avais finalement bu le vin sucré destiné à Joli-Cœur qui le refusait énergiquement, et la chaleur du lit aidant, j'étais rouge comme une écrevisse cuite.

Le médecin me posa gravement la main sur le front et dit :

« Congestion.

– Pardon, dis-je, ce n'est pas moi le malade !

– Délire ! » opina le médecin.

Je soulevai la couverture et montrai Joli-Cœur :

« Voilà le malade ! dis-je.

– Comment ! s'écria le médecin, un singe ! C'est pour un singe que l'on me dérange ! Et par ce temps épouvantable, encore ! »

Vitalis prit alors la parole comme il savait le faire, exposa au médecin que les maladies des singes étaient très semblables à celles des hommes, qu'il était impossible de confier Joli-Cœur à un simple vétérinaire, qui, disait-il, n'y connaissait généralement rien du tout, tandis qu'en frappant chez un médecin, on était sûr de rencontrer à la fois la science et la charité, etc. Ces habiles flatteries eurent enfin raison de la colère du petit homme qui finit par sourire en disant :

« Allons, le cas est peut-être curieux !

– Voyez comme ce singe est intelligent, dit encore Vitalis, il vous tend le bras, savez-vous pourquoi ? Parce qu'il pense que vous allez lui tâter le pouls !

– Et c'est bien ce que je vais faire », dit le médecin.

On saigna Joli-Cœur, on lui posa des sinapismes, on lui fit prendre des médicaments, des tisanes. J'étais devenu le plus attentif des gardes-malades.

J'avais cinq sous pour toute fortune : je les dépensai en sucre d'orge pour Joli-Cœur. Mais hélas, ce fut une mauvaise idée, car, malin comme il était, il comprit rapidement que je lui donnai un morceau de sucre d'orge chaque fois qu'il toussait, et par gourmandise, il se mit à tousser exprès, en sorte que, de feinte, sa toux devenait réelle et qu'il étouffait. Je ne savais que faire.

Cependant, au bout de quelques jours, l'aubergiste demanda à être payé. Il n'y avait qu'une solution :

donner une représentation dans le village. Oui, mais comment ? Sans Zerbino, sans Dolce, sans Joli-Cœur, c'est-à-dire sans la moitié de la troupe ?

Vitalis n'en loua pas moins une vaste grange pour la soirée et fit annoncer par le tambour municipal un spectacle pour le soir même, où devaient paraître «un artiste célèbre dans le monde entier» – c'était Capi – et «un jeune chanteur qui était un prodige» – c'était moi. Le prix des places était laissé à l'initiative et à la générosité des spectateurs.

Je n'avais guère la conviction d'être un prodige. Capi, à la rigueur...

Il y eut avant la représentation une scène bien triste. Joli-Cœur avait compris que nous allions donner une représentation, et il voulait en être ! Il voulait revêtir son costume de général anglais, son pantalon rouge galonné d'or, son bicorne à plumes d'autruche ! Il joignit les mains, il se mettait à genoux ! C'était déchirant ! Et il n'arrêtait pas de tousser ! Je l'enveloppai doucement dans sa couverture et nous quittâmes rapidement la chambre, le laissant seul.

Comment parler de cette représentation ? La froideur du public me désola. Capi fut plus heureux que moi, au moins il fut applaudi ! La recette fut maigre, malgré les efforts de Capi pour convaincre chacun avec sa sébile, malgré les miens pour exécuter vigoureusement gigues et danses espagnoles que Vitalis jouait sur son violon. Il nous fallait quarante francs, au moins, et le compte n'y était visiblement pas.

Alors, Vitalis prit une grande décision :

« Mesdames et Messieurs, dit-il au public, je crois pouvoir dire sans nous flatter que la troupe Vitalis a exécuté le programme prévu. Cependant, puisque les chandelles qui nous éclairent brûlent encore un peu, je vais, si l'honorable société le désire, chanter quelques airs. Peut-être les personnes qui n'ont rien donner à la fin de la représentation trouveront-elles cette fois le chemin de leur poche ! »

Certes, Vitalis avait été mon professeur, cependant, jamais jusqu'à ce jour, je ne l'avais réellement entendu chanter ! Tout au moins jamais de la façon dont il chanta ce soir-là !

Il chanta, d'une façon qui me confondit d'admiration, deux airs d'opéras célèbres à l'époque, dont la fameuse romance de *Richard Cœur-de-Lion* : « Ô Richard ! Ô mon roi ! »

J'en avais la bouche ouverte d'admiration, quand une jeune dame que j'avais remarquée au premier rang de l'assistance, parce qu'elle était de loin la plus élégante et aussi parce qu'elle n'avait rien donné, me fit signe d'approcher : « J'aimerais dire un mot à votre maître, si c'est possible ! »

Tandis que Capi faisait la seconde quête, encore moins productive que la première, si c'était possible, je rapportai à Vitalis la demande de la dame aux fourrures.

« Que me veut-elle ? » demanda brusquement mon maître qui, je ne sais pourquoi, avait l'air mécontent.

Il se décida cependant et s'approcha de la dame qu'il salua froidement.

« Pardonnez-moi de vous avoir dérangé, Monsieur, dit la dame, mais je tenais vraiment à vous féliciter. »

Vitalis s'inclina sans répondre.

« Il faut vous dire, continua la dame, que je suis quelque peu musicienne, j'ai été bouleversée de l'immense talent qui est le vôtre ! »

J'en restai stupéfait ! Un immense talent chez mon maître le montreur de chien ?

« Il n'y a pas de talent chez un vieux bonhomme comme moi, dit Vitalis en regardant par terre. Je suppose que vous êtes surprise d'entendre chanter à peu près un vagabond montreur d'animaux savants ?

– Surprise ? Émerveillée ! Mais je ne voudrais pas être indiscrète...

– Vous ne l'êtes pas. C'est tout simple, d'ailleurs. Voyez-vous, je n'ai pas toujours été ce que je suis. Dans ma jeunesse, j'ai été... hem... j'ai été le domestique, oui, d'un... grand chanteur, et, à force de l'entendre, je l'ai plus ou moins imité, exactement comme un perroquet, c'est tout. »

La dame ne répondit rien, mais regarda longuement Vitalis qui gardait les yeux fixés à terre comme un homme embarrassé.

« Peut-être, finit-elle par dire. En tout cas, je vous remercie encore de cette magnifique émotion. Au revoir, Monsieur, et merci ! »

Puis, se baissant vers Capi, elle déposa dans la sébile une pièce d'or !

Vitalis resta immobile, et ne fit pas un geste pour la reconduire. Et quand elle se fut éloignée, il se frappa le front avec une sorte de fureur en poussant à voix basse quelques jurons italiens.

« Mais, dis-je, la dame a donné un louis d'or à Capi ! »

Il abaissa sur moi des yeux égarés et sembla revenir sur terre :

« Un louis ? Ah oui ! dit-il avec un soupir. C'est vrai, j'oubliais, pauvre Joli-Cœur ! Je l'oubliais, allons le rejoindre ! »

Mais lorsque nous arrivâmes dans la chambre d'auberge, nous vîmes le petit singe étendu sur le lit. Il était froid et raide. Maître Joli-Cœur avait revêtu une dernière fois son costume de général anglais avant de mourir.

CHAPITRE XI

Un padrone de la rue de Lourcine

italis avait maintenant la plus grande hâte d'arriver à Paris. Ce furent de bien tristes étapes, avec le seul Capi qui demeurait, de nos quatre compagnons.

Vitalis marchait à grands pas, à longues enjambées régulières, l'air triste et soucieux, ne me répondant que par monosyllabes.

Pour moi, je pensais à Paris qui devait être, dans mon imagination, une ville magnifique toute d'or et d'argent.

Quelle déception! C'est du haut d'une côte, à la sortie d'un village appelé Boissy-Saint-Léger, que nous aperçûmes une vaste confusion de clochers, de toits et de tours qui se perdaient dans un immense nuage de brume et de fumée noirâtre!

Vitalis regarda un moment ce triste spectacle et s'assit sur le bord de la route.

« Voilà donc notre vie changée, me dit-il, comme s'il continuait une conversation entamée depuis longtemps, dans quatre heures nous serons à Paris.

– C'est donc Paris, qui s'étend là-bas?

– Certes. Et à Paris, nous allons devoir nous séparer.

– Nous séparer! murmurai-je en le regardant effrayé.

– Nous séparer, oui, mon pauvre enfant!

– Vous voulez m'abandonner ?

– Non, bien sûr, je ne veux pas t'abandonner, crois-le. Que ferais-tu tout seul à Paris, mon petit Rémi? Et d'ailleurs, quand j'ai refusé de te laisser avec cette dame, Mme Milligan, j'ai pris certains engagements envers toi, que je compte bien tenir. Malheureusement, vois-tu, les circonstances nous sont pour le moment contraires. On est exigeant à Paris, et tu sais bien que nous ne pouvons pas donner une représentation convenable à nous trois, en comptant Capi. Les enfants se moqueraient de nous en nous lançant des trognons de pommes. Nous ne ferions pas vingt sous de recettes par jour.

« Je ne suis pas encore assez vieux pour inspirer réellement la pitié, et toi, Dieu merci, tu te portes comme un charme malgré la rudesse de notre vie. En sorte que nous ne pouvons pas compter sur la charité des gens. D'ailleurs, je ne pourrai jamais y parvenir, je crois. Voici ce que j'ai décidé. Je vais te confier jusqu'à la fin de l'hiver à un *padrone* qui t'enrôlera avec d'autres enfants pour jouer de la harpe. Pour moi, je donnerai des leçons de musique, de harpe, de violon ou de fifre aux enfants italiens qui travaillent dans les rues de Paris. Je suis assez connu, ici, et j'aurai plus de leçons que je ne pourrai en donner. En même temps, je m'occuperai d'instruire deux chiens pour remplacer Zerbino et Dolce. Au printemps, leur éducation sera terminée, et nous pourrons nous remettre en route, mon petit Rémi, pour ne plus nous quitter. Au printemps, nous reprendrons notre libre existence, je te ferai voir l'Allemagne, l'Angleterre, peut-être l'Italie. C'est en vue de ces voyages que j'ai commencé à t'apprendre plusieurs langues étrangères, c'est peu de chose, mais c'est déjà bien pour un enfant de ton âge, sans compter que te voilà vigoureux, maintenant. Tu verras, mon petit Rémi, tout n'est pas perdu. »

Lorsque j'y songe maintenant, je crois que mon maître avait fait son possible pour nous tirer de cette fâcheuse situation et que sa décision était peut-être la meilleure à prendre. Mais alors, je ne vis que deux choses dans ce discours : notre séparation et, surtout, l'idée du *padrone* !

Il faut savoir ce qu'étaient ces *padrone* ! J'en avais vu quelques-uns au cours de notre voyage. Comme Vitalis, ils guidaient des enfants engagés de-ci, de-là, mais dans quelles conditions ! Durs, injustes, exigeants, ivrognes, le bâton ou la main toujours levés ! Quel changement, après Vitalis, si bon et si patient ! Étais-je donc toujours destiné à changer de mains comme un objet ?

Pourtant je le suivis quand il se dirigea vers Paris d'un bon pas.

Plus nous avancions dans les faubourgs, moins ce que je voyais ressemblait à mes rêves. Où étaient les maisons dorées, les passants vêtus de velours et de soie ? Je ne voyais que des rues sordides, des ruisseaux d'eau grasse à demi gelés, de la neige à demi fondue en boue noirâtre qui sautait sous les semelles des passants et les roues des voitures ! Jamais je n'avais vu de figures aussi pâles, d'enfants aussi hardis et insolents, de cabarets aussi bruyants !

Nous marchâmes longtemps, dans cet affreux Paris.

Au coin d'une maison, je vis soudain écrit le nom de la rue de Lourcine. Vitalis semblait savoir où il allait. Je le suivais comme un chien, de crainte de le perdre.

Il entra dans une grande cour, puis suivit un passage obscur et enfin arriva dans une sorte de puits sombre où le soleil ne semblait avoir jamais pénétré. Cet endroit me parut le plus effrayant que j'aie jamais vu.

« Garofoli est-il chez lui? demanda Vitalis à un homme qui accrochait des chiffons contre la muraille.

– Je ne sais pas, montez voir vous-même. Vous savez où c'est? »

Nous montâmes un escalier noir et gluant de crasse.

« Garofoli est le padrone dont je t'ai parlé », me dit Vitalis.

Au quatrième étage, il poussa une porte sans frapper et appela. La chambre était une sorte de vaste grenier, apparemment vide. Pourtant, une voix faible répondit :

« Le signor Garofoli est sorti, il ne rentrera que dans deux heures. »

J'aperçus alors un enfant d'une dizaine d'années qui s'avança lentement vers nous. Je restai saisi de son aspect. Sa tête paraissait énorme tant son corps était maigre. Son visage portait une expression à la fois de douleur, de tristesse et de résignation. Il était horrible et pourtant dégageait une certaine sympathie, avec ses grands yeux tristes.

« Es-tu certain qu'il sera là dans deux heures ? demanda Vitalis.

– Certain, signor, c'est le moment du dîner et jamais personne d'autre que lui ne le sert.

– C'est bon, je reviendrai à ce moment-là. Tu vas m'attendre ici, mon petit Rémi. »

J'eus un mouvement d'effroi :

« Rassure-toi, me dit-il avec un sourire, je t'assure que je reviendrai. »

Je restai donc.

Lorsque le pas de Vitalis eut cessé de se faire entendre

dans l'escalier, l'enfant me regarda et me dit en italien :

« Êtes-vous du pays ?

– Le pays ? répondis-je en français (j'avais compris la question car Vitalis m'avait appris un peu d'italien). Quel pays ?

– De Lucques, me dit l'enfant. Vous n'êtes pas du pays, c'est bien malheureux. J'aurais peut-être eu des nouvelles. Mais vous avez de la chance.

– Pourquoi de la chance ?

– Parce que si vous étiez Italien, vous viendriez sans doute vous mettre au service du signor Garofoli. Mais heureusement, vous êtes Français. On plaint ceux qui entrent au service du signor Garofoli.

– Est-il méchant ? » demandai-je tremblant.

L'enfant ne me répondit pas, mais eut un coup d'œil d'une telle éloquence que j'en frissonnai. Puis il se détourna et alla s'asseoir près de la cheminée où bouillottait une marmite. À ma grande stupéfaction, je vis que cette marmite possédait un couvercle à charnière, avec un petit tube par où s'échappait la vapeur. Pour le reste, elle était fermée par un énorme cadenas. Je demandai la raison de cette étrange fermeture.

« C'est une invention du signor Garofoli pour que je ne puisse pas prendre de bouillon en son absence », me répondit l'enfant, impassible.

Je me mis à rire.

« Vous riez, reprit-il lentement. Vous pensez que je suis gourmand, sans doute. Sachez que je ne suis pas gourmand, j'ai faim tout simplement ! »

Et devant mes questions terrifiées, Mattia – c'était le nom de l'enfant – me raconta son histoire.

Garofoli était son oncle ! Il avait emmené Mattia avec lui parce qu'il y avait six enfants, dans la petite maison de Lucques, en Italie, et sur le chemin de la France,

Garofoli avait engagé une bonne douzaine d'enfants, pour les faire «travailler» à Paris. Chaque enfant était taxé d'une certaine somme qu'il devait rapporter à son maître à la fin de la journée. S'il manquait quelque chose à la somme, l'enfant était puni. Pour Mattia qui, n'étant pas assez fort pour faire un ramoneur, s'était vu confier des souris blanches à montrer dans les rues, il n'avait jamais pu gagner assez d'argent, «parce que, disait-il, je suis laid, et on ne donne qu'aux enfants qui sont beaux ! »

De sorte que Garofoli avait peu à peu diminué sa portion de pommes de terre pour le punir, sans préjudice des coups de bâton. Puis, quand Mattia était devenu trop faible, les gens du voisinage avaient parfois donné une assiette de soupe à cet enfant mourant de faim. Ce que voyant, Garofoli avait décidé de le garder à la maison pour entretenir le feu.

« Maintenant, poursuivit-il, je suis devenu plus pâle. Assez pour aller bientôt à l'hôpital, j'espère. »

Je reculai : l'idée de l'hôpital m'était presque aussi insupportable que celle de l'hospice.

« Garofoli me garderait ici même si j'étais encore plus pâle, mais heureusement, il n'a pas perdu l'habitude de me battre tout autant que les autres, et la semaine dernière, j'ai reçu un tel coup de bâton sur la tête que j'en ai le crâne de plus en plus enflé. Vous voyez cette grosse bosse blanche, ici, sur ma tête ? Il disait hier que c'était peut-être une tumeur. Je ne sais pas bien ce que c'est, mais j'espère bien que c'en est une. Je pourrai enfin aller à l'hôpital et manger à ma faim. Cela ne me fait rien de mourir, vous savez. »

Tout en parlant il s'activait clopin-clopant et mettait de grossières écuelles sur la longue table graisseuse.

Les pensionnaires de Garofoli rentrèrent l'un après

l'autre accrochant à un clou qui sa harpe, qui son fifre ou son violon. Tous semblaient souffreteux et mal nourris.

Le long du mur, je voyais une douzaine de grabats à même le sol, recouverts de sortes de vieilles couvertures roussâtres comme on en met sur le dos des chevaux ; et comme il y avait vingt quatre écuelles, j'en conclus avec un nouveau frisson que l'on devait partager ces misérables paillasses à deux enfants !

Puis Garofoli entra. Ce n'était pas l'ogre que je m'étais imaginé. C'était au contraire un petit homme sec, à l'œil noir et vif, avec une barbe qui lui mangeait les joues.

Je préfère passer sur la scène qui suivit, celle des comptes de la journée. Tous les enfants étaient aux petits soins pour Garofoli, lui apportant avec obséquiosité l'un sa pipe toute bourrée, l'autre ses chaussons, le troisième une allumette.

Il m'adressa à peine la parole, curieux seulement de savoir ce que lui voulait Vitalis.

Lorsque les comptes de la journée furent terminés, Garofoli décida quatre punitions, soin confié à son favori.

Les quatre malheureux, dénudés jusqu'à la ceinture, reçurent en gémissant des volées de coups de fouet, tandis que Garofoli fumait sa pipe en regardant la cheminée, parce que, disait-il, ce spectacle lui faisait mal. Comme les cris des enfants lui faisaient mal aussi, chaque cri était payé d'un nouveau coup de fouet. Je tremblais de peur.

C'est au milieu de cette scène épouvantable que Vitalis entra. Son premier geste, après un instant de stupeur, fut d'arracher des mains du bourreau le fouet qu'il levait. Puis se tournant vers Garofoli, il lui dit avec colère :

« C'est une honte ! »

Garofoli ne se troubla pas. Il répondit avec un petit rire :

« N'est-ce pas ? Cet enfant n'a pas de cœur ! Il me vole, moi qui suis si bon pour lui !

– Trêve de simagrées, Garofoli ! C'est une honte de martyriser ainsi des enfants qui ne peuvent pas se défendre !

– De quoi vous mêlez-vous, vieux fou ? dit Garofoli d'un ton sec.

– De ce qui regarde la police.

– La police ? Vous me menacez de la police ? Vous ?

– Oui, moi !

– Écoutez, Vitalis, dit Garofoli d'un air moqueur, il ne faut pas faire le méchant, ni me menacer de la police, car moi aussi je pourrais dire des choses à des gens que cela intéresserait sans doute. Et à ce moment-là, qui donc n'oserait plus lever la tête, n'est-ce pas, Vitalis ? Il me suffirait de dire un nom, Vitalis, un seul nom ! Et quelle honte, n'est-ce pas ? »

Mon maître serra les poings et ses yeux jetèrent un éclair. Sa honte ? J'étais atterré. Mais avant que j'aie pu revenir de ma surprise, Vitalis m'avait pris par la main en disant «suis moi !».

« Eh bien, dit Garofoli en souriant, sans rancune ! Vous vouliez me parler ?

– Je n'ai plus rien à vous dire ! »

Et sans un mot il descendit l'escalier rapidement derrière moi.

Dépeindre mon soulagement est impossible. J'échappais à l'abominable Garofoli ! Si j'avais osé, j'aurais embrassé Vitalis.

CHAPITRE XII

Les carrières de Gentilly

Tant que nous fûmes dans des rues où il y avait du monde, Vitalis marcha sans rien dire. Mais parvenu dans une ruelle déserte, il s'assit sur une borne et me regarda en se frottant le front, comme quand il était embarrassé.

« C'est très beau d'écouter la générosité, dit-il pour lui-même, mais avec cela nous voilà sur le pavé de Paris, sans un sou en poche ni une croûte de pain! J'espère, mon enfant que tu pourras te passer de dîner une fois de plus. Mais je me demande où nous allons coucher !

– Vous pensiez coucher chez Garofoli ? demandai-je.

– Toi oui, sans doute, mais comme il m'aurait donné une vingtaine de francs pour ton hiver, j'aurais trouvé une mansarde pour me loger. N'importe, je ne pouvais te laisser chez cet homme. En route !

– Où allons-nous ?

– À Gentilly, tâcher de retrouver une carrière où j'ai dormi une fois. Tu pourras marcher ?

– Je me suis reposé chez Garofoli.

– Le malheur, c'est que je ne me suis pas reposé, moi, et que je n'en puis plus. Enfin, nous verrons. En route, mes enfants ! »

C'était son mot habituel de bonne humeur pour les chiens et pour moi, mais ce soir-là, il le dit de façon bien triste.

Nous partîmes à travers ces ruelles sordides, glissant à tout moment sur le verglas. Vitalis soufflait en marchant, et sa main brûlait la mienne malgré le froid. Parfois, il s'arrêtait quelques secondes pour reprendre son souffle et il me semblait qu'il tremblait.

« Vous êtes malade ! lui dis-je au bout d'un moment.

– Oui, j'en ai peur, me répondit-il, en tout cas je me sens vraiment très fatigué. Ces derniers jours ont été rudes, pour un homme de mon âge. Je ne suis plus solide comme autrefois et il m'aurait fallu un lit, ce soir, de quoi dîner, et du feu. Ce n'est qu'un rêve, tant pis, marchons, les enfants ! »

Nous étions sortis de la ville, et nous avancions sur une route gelée et couverte de neige, seule chose qui pût nous guider vaguement tant la nuit était épaisse. Le vent glacé sifflait à mes oreilles, mais il nous frappait heureusement dans le dos. Il y avait bien un trou dans ma peau de mouton, décousue à l'épaule, par où passait un jet d'air froid, mais c'était encore supportable.

Vitalis marchait cependant comme un homme qui sait où il va. Pourtant, au bout d'un moment, il me demanda en soufflant :

« Vois-tu quelque part un bouquet d'arbres ?

– Non, fis-je en écarquillant les yeux.

– Comme une sorte de masse noire ?

– Rien du tout !

– Ah ! si j'avais tes yeux ! Mais je vois trouble ce soir. »

Nous marchâmes encore dix minutes.

« Tu ne vois toujours rien ?

– Rien, fis-je d'une voix tremblante.

– Il doit y avoir une sorte de grande roue, pour sortir les pierres de la carrière, près d'un bouquet d'arbres. »

Je ne répondis pas.

« Me serais-je trompé ? murmura Vitalis. Marchons encore cinq minutes, si nous ne voyons rien, nous reviendrons sur nos pas. »

Cette perspective me coupa bras et jambes. Je ne me sentais plus de force.

« Eh bien ? dit Vitalis en me secouant le bras.

– Je ne peux plus marcher, dis-je à voix basse.

– Et crois-tu que je vais te porter ? s'impatienta Vitalis, je ne puis déjà plus marcher moi-même ! La seule chose qui me fasse encore tenir debout, c'est que si nous nous asseyons, nous ne pourrons plus nous relever et nous mourrons de froid. Marche ! »

J'avançai de nouveau avec lassitude.

« La route a-t-elle des ornières ? me demanda Vitalis.

– Elle n'en a pas, dis-je d'une voix éteinte.

– Je me suis trompé, retournons. Et quand tu verras des ornières, préviens-moi, le chemin doit être à gauche, au pied d'un arbre. »

Nous marchâmes un quart d'heure, d'une allure irrégulière. Vitalis était très faible et s'appuyait sur moi en soufflant.

« Il y a une lumière là-bas ! dis-je tout à coup, ce doit être une maison !

– Qu'importe ! dit Vitalis, nous ne sommes pas à la campagne où les paysans vous donnent parfois

l'hospitalité dans leur grange. Nous sommes près de Paris et les gens se barricadent chez eux. »

Cinq minutes plus tard, il me sembla distinguer quelque chose comme un arbre. Je lâchai la main de Vitalis et marchai devant ; c'était bien un gros arbre et à son pied partait un chemin bordé de profondes ornières.

Je le criai à Vitalis :

« Nous sommes sauvés, me répondit-il, donne-moi la main, la carrière n'est pas à cinq minutes. »

L'espoir nous rendit quelques forces, malgré le froid terrible qui nous engourdissait les pieds. Nous marchâmes un certain temps presque d'un bon pas.

« Nous l'avons dépassée, dit Vitalis en s'arrêtant. Avec cette nuit noire, c'était presque fatal. Retournons.

– Vois-tu les arbres ? me demanda-il, un peu plus tard.

– Je crois, oui, à gauche.

– Et les ornières?

– Non, il n'y en a pas, ici.

– Est-ce que je suis aveugle? dit-il d'une voix égarée en passant la main sur ses yeux. Marchons droit sur les arbres, donne-moi la main.

– On ne peut pas, dis-je, il y a un mur.

– Tu rêves, c'est un tas de pierre!

– Je vous assure que c'est un mur! »

C'était facile à vérifier, nous n'en étions qu'à quelques pas.

« C'est bien un mur, en effet, dit-il en palpant les pierres. Où est l'entrée? Cherche les ornières. »

Je ne trouvai rien que la neige.

« Cherchons plus loin! proposai-je.

– Inutile, dit Vitalis, la carrière est murée.

– Murée? Mais qu'allons-nous faire?

– Je ne sais pas, dit-il à voix basse, mourir ici, je suppose.

– Oh! Maître!

– Oui, tu ne veux pas mourir, toi, tu es trop jeune! Eh bien marchons! Peux-tu encore?

– Je crois, mais vous?

– Quand je ne pourrai plus, je tomberai comme un vieux cheval, c'est tout.

– Mais où aller?

– À Paris. Quand nous rencontrerons des agents de police, ils nous emmèneront au poste. J'aurais voulu éviter cela, mais il n'y a rien d'autre à faire. Allons mon petit Rémi, en avant. »

Le vent avait redoublé de force et nous jetait des tourbillons de neige au visage. J'étais transpercé de froid. Vitalis n'avançait plus qu'à grand peine et sa main brûlait de fièvre. Quand je l'interrogeai, il me faisait signe qu'il ne pouvait plus parler. Sa respiration était courte et sifflante.

Finalement, en nous traînant, nous rentrâmes dans une espèce de faubourg; en tout cas il y avait des murs et des maisons et une sorte de réverbère jetait une vague lueur en se balançant au bout d'une chaîne grinçante.

Vitalis s'arrêta et s'appuya à un mur. Je compris qu'il était à bout de forces.

« Je vais frapper à une porte, lui dis-je.

– Non, fit-il en secouant la tête, ce sont des maraîchers qui habitent là, ils ne se lèvent pas la nuit. Marchons. »

Quelques pas plus loin, il dut encore s'appuyer contre le mur.

« Il faut que je m'arrête, je n'en peux plus. »

Il y avait une porte dans une palissade, à travers laquelle le vent avait dispersé de la paille qui provenait d'un grand tas de fumier derrière.

« Asseyons-nous ici, dit Vitalis, sur cette paille. »

Je ramassai tout ce que j'en pus trouver et j'en fis un petit tas. Vitalis, en claquant des dents, s'y laissa tomber plutôt qu'il ne s'y assît.

« Mets-toi tout contre moi, me souffla-t-il, et mets Capi sur toi, il te passera un peu de chaleur. »

Vitalis était un homme d'expérience, il savait le danger qu'il y avait à s'asseoir ainsi, au risque de ne plus jamais se relever. Il fallait vraiment qu'il en fût à la dernière extrémité. Eût-il conscience de son état ? Je ne l'ai jamais su : en tout cas, au moment où, ayant ramené le plus de paille possible autour de mes pieds, je me blottis contre lui, il se pencha vers moi et m'embrassa. Pour la dernière fois.

CHAPITRE XIII

La petite Lise

Je me réveillai dans un bon lit, dans une chambre inconnue éclairée par un bon feu. Des visages inconnus m'entouraient, un homme en veste grise et en sabots, et trois ou quatre enfants dont une petite fille au regard véritablement parlant. Mes premiers mots ayant été pour demander mon maître, ces braves gens m'apprirent sans ménagement que celui qu'ils croyaient jusqu'alors mon père était mort de froid pendant la nuit et que moi-même je n'en valais guère mieux quand on m'avait trouvé. Le brave Capi m'avait pourtant sauvé en me communiquant un peu de chaleur. C'était vers deux heures du matin que le jardinier nous avait trouvés, en ouvrant sa porte pour aller au marché. J'étais resté longtemps couché sans donner signe de vie, plusieurs heures. Puis, le sang avait recommencé à circuler.

« Et Capi ? demandai-je.

– Le chien ? Il a suivi en gémissant la civière sur laquelle on a emporté le cadavre de son maître. »

Vitalis était mort ! Cette fois j'étais seul au monde ! La disparition de mon bon maître me causa un chagrin immense ; ce fut la petite fille qui s'en aperçut et s'approchant de son père, lui toucha le bras en me montrant et en poussant une sorte de soupir qui n'était pas la parole humaine. Je compris qu'elle était muette.

On me laissa me reposer. Mais je me levai bientôt et m'habillai en chancelant. Il me fallait revoir une dernière fois Vitalis. Je pris ma harpe, qui avait été posée au pied de mon lit, et je sortis de la chambre. Ces bonnes gens étaient à table, la pièce embaumait la soupe aux choux. J'en aurais bien demandé une assiettée, mais Vitalis ne m'avait pas appris à tendre la main. Heureusement, la petite fille se leva et m'apporta en silence une assiette pleine : je ne refusai pas, en quelques secondes je l'eus vidée. On m'en donna une seconde avec étonnement, que je mangeai avec autant d'avidité que la première.

« Tu as un solide appétit, mon garçon, dit le jardinier en souriant. Tu n'avais peut-être pas dîné, hier soir ?

– Non, répondis-je à voix basse, et pas déjeuné non plus...

– Comme ton maître, sans doute, je comprends mieux. Il a dû mourir autant de faim que de froid. »

J'avais repris ma harpe et je me disposai à faire mes adieux.

« Tu t'en vas ? me dit le jardinier, et où vas-tu ?

– Il faut que je revoie Vitalis une dernière fois.

– Mais tu ne sais pas où il est ! As-tu des amis, à Paris ? des parents ?

– Non.

– Où logiez-vous ?

– Nulle part, nous étions arrivés le matin même.

– Et que vas-tu faire ?

– Gagner ma vie, jouer de la harpe dans la rue.

– Tu n'as pas de parents ?

– Je n'en ai jamais eu, mon maître m'avait acheté au mari de ma nourrice. Excusez-moi, vous avez été bons pour moi et je vous en remercie, mais il faut que je m'en aille revoir Vitalis. Je reviendrai dimanche, si vous voulez et je vous jouerai de la harpe si cela vous amuse. »

Je n'eus pas le temps de faire quelques pas : la petite Lise, qui me suivait, me prit par la main et m'indiqua la harpe de l'autre main en souriant. Il n'y avait pas à s'y tromper. « Vous voulez que je joue, c'est cela ? » dis-je.

Elle frappa joyeusement des mains.

« Eh bien ! oui, dit le père, joue-nous quelque chose avant de partir ! »

Je m'assis, accordai ma harpe et jouai une valse, celle que je connaissais le mieux. Je n'avais certes pas le cœur à la danse ni à la musique, mais je souhaitais tant faire plaisir à ces braves gens !

La petite Lise se mit bientôt à tourner sur elle-même avec une grâce enfantine et un plaisir évident. Je jouai encore une mazurka, puis je chantai ma chanson napolitaine que Vitalis m'avait enseignée. La petite était en extase. Pourtant, à la fin, elle fondit en larmes, comme si elle avait compris les paroles et se jeta sur les genoux de son père.

« Est-elle bête ! dit l'un des frères. Elle danse, et puis tout de suite elle pleure !

– Moins bête que toi, elle comprend, au moins ! dit la sœur aînée, en se penchant pour embrasser la petite.

– Dis-moi, mon garçon, fit tout à coup le père comme je reprenais la bandoulière de ma harpe, tiens-tu vraiment beaucoup à ce métier de musicien ambulant ?

– Je n'en ai pas d'autre, répondis-je.

– Pourquoi ne resterais-tu pas avec nous ? Tu aurais un feu et un lit, avec du travail, bien entendu ! Comprends bien que je ne te propose pas la fainéantise ; si tu acceptes, il y aura de la peine à prendre et se lever de bonne heure, et de la terre à piocher ! »

Cette proposition me laissa tout étourdi : une famille ! Je pouvais avoir une famille ! Vivement je déposai ma harpe.

« Eh bien ! voilà une réponse ! dit le père en souriant, et une bonne ! On voit qu'elle t'est agréable. Quelque chose me dit qu'il y a du bon en toi. Accroche ta harpe à ce clou, mon garçon, le jour où tu voudras reprendre ta vie errante, tu pourras toujours la décrocher.

– Je ne sortirai qu'une fois, dis-je, pour revoir Vitalis.

– C'est trop juste. »

La maison à la porte de laquelle nous étions tombés, Vitalis et moi, se trouvait dans ce qui était alors le village de la Glacière, dans le sud de Paris, et le jardinier s'appelait Acquin. Sa femme était morte peu après la naissance de la petite Lise, laquelle n'était pas muette «de naissance», c'est-à-dire à cause de la surdité : elle avait commencé à parler, puis elle avait eu ce qu'on appelle des convulsions et était devenue muette. On espérait la guérir un jour, les médecins disaient que la parole pouvait lui revenir à la suite d'un grand choc nerveux ou d'une grande émotion.

En attendant, c'était la sœur ainée, Étiennette, qui n'avait que deux ans de plus que le plus grand frère, Alexis, qui était devenue la mère de famille. À quatorze ans, elle s'occupait de tout dans la maison, cuisine, lessive, reprisage. C'est pourquoi elle avait un visage grave : elle n'avait jamais eu le temps de rire, de jouer, ni d'ailleurs d'aller à l'école.

Mais je n'appris cela que plus tard. À ce moment, j'entendis un grand bruit à la porte et des aboiements familiers :

« Capi ! m'écriai-je, c'est Capi ! »

Je me précipitai vers la porte, mais la petite Lise m'avait précédé. Capi entra comme une trombe dans la pièce, mouillé, crotté, souillé, et se jeta sur moi en démonstrations d'amitié frénétiques.

« Et Capi ? demandai-je timidement.

– Capi restera aussi avec nous », dit le père Acquin avec un sourire.

Comme s'il avait compris à son tour, Capi se leva sur ses pattes de derrière et portant la patte droite sur son cœur, s'inclina profondément, ce qui fit rire toute la famille aux éclats.

« Eh bien, on ne s'ennuiera pas avec vous ! dit le père en riant. Mais commençons par aller voir la police pour savoir où l'on avait emmené le corps de Vitalis. Les agents avaient d'ailleurs dit qu'il leur faudrait t'interroger pour avoir des détails. »

Nous allâmes au commissariat où l'on me posa question sur question. Je répondis de mon mieux. Je racontai ce que je savais mais j'essayai de laisser dans l'ombre Vitalis dont, au reste, je ne savais pas grand-chose. Il me semblait qu'il y avait chez lui quelque chose de caché, que je ne voulais pas qu'on découvre, même si je ne le savais pas moi-même. Cependant, un commissaire de police sait poser les questions, et un enfant n'est pas en mesure de lui cacher ce qu'il sait.

« Eh bien, c'est très simple, dit finalement le commissaire, il n'y a qu'à le conduire chez Garofoli, il reconnaîtra la maison et vous interrogerez le personnage. »

Nous nous mîmes en route, un agent, le père Acquin et moi. En me reconnaissant à la porte, accompagné d'un agent de police, Garofoli pâlit horriblement : il avait certainement très peur. Je ne vis pas Mattia qui était sans doute entré à l'hôpital. Mais Garofoli se rassura vite quand l'agent lui eut dit ce qu'il voulait savoir.

« Ah ! dit-il, alors le pauvre vieux est mort ?

– Vous le connaissiez ?

– Certainement.

– Parlez-moi de lui.

– Oh, c'est bien simple ! Il ne s'appelait pas du tout Vitalis, il s'appelait Carlo Balzani, et si vous étiez Italien, ce nom ne vous laisserait pas insensible. Il y a trente ou quarante ans, Balzani était le plus illustre baryton qu'ait connu l'Italie depuis longtemps. Il a chanté et connu des triomphes sur toutes les grandes scènes, non seulement d'Italie mais de l'Europe entière. Malheureusement, sa voix s'est perdue, il chantait un peu moins bien, et plutôt que de perdre sa gloire en chantant sur des scènes de second ordre, il a préféré disparaître. Il a essayé plusieurs métiers, qui ont tous mal tourné, et de malheurs en malheurs, il en a été réduit à se faire montreur de chiens savants, sous le nom de Vitalis. Mais il était resté terriblement fier, et il serait mort de honte si jamais on avait su que le célèbre Carlo Balzani était devenu le pauvre Vitalis. Voilà toute l'histoire, un hasard m'avait rendu maître de son secret. »

C'était donc là l'explication du mystère !

Malheureux Carlo Balzani, mon cher et admirable Vitalis ! Je ne pus même pas assister à son enterrement, car une forte fièvre me prit dans la nuit : j'avais une fluxion de poitrine. Les Acquin me soignèrent avec un dévouement qui me mettait les larmes aux yeux. Le père ne voulut pas consentir à me laisser transporter à l'hospice : le commissaire avait accepté qu'il se charge de moi et il tenait à honneur que je sois soigné chez lui. Étiennette fut admirable pour moi. Puis quand je commençai à marcher, Lise m'aida à me promener sur les bords de la Bièvre, petite rivière qui coulait à cette époque à ciel ouvert et se jetait dans la Seine. Pauvre Bièvre ! Elle a disparu, depuis, on l'a recouverte et l'on a construit des maisons à la place des saules et des peupliers ! De même que le moulin à vent de la Butte aux Cailles a disparu.

À la longue les forces me revinrent, et je pus m'initier aux travaux de jardinage. J'attendais ce moment avec impatience car j'avais hâte de rendre à ces bonnes gens ce qu'ils faisaient pour moi.

Le père Acquin cultivait à cette époque de l'année des giroflées, le jardin en était rempli, c'était magnifique. Mon travail - un travail à la mesure de mes forces - consistait à surveiller les châssis des giroflées, les ouvrir après les gelées matinales, les ombrer avec de la paille quand le soleil donnait trop fort, ce qui était assez long car il y avait plusieurs centaines de châssis. Pendant ce temps, Lise surveillait le vieux cheval qui tournait autour du manège servant à faire monter l'eau du puits. Les deux autres frères, Alexis et Benjamin, arrosaient; chacun avait son poste.

Un peu plus tard, je fus admis aux plantations, ce qui me fit beaucoup de plaisir : celui de voir pousser une plante que l'on a mis en terre ! Mais je ne me doutais pas du courage déployé par ces jardiniers et maraîchers des environs de Paris, de leur patience, de leur travail !

Quelle vie cependant délicieuse ! Le dimanche, nous nous réunissions sous une tonnelle dans le jardin, je prenais ma harpe, les frères et les sœurs dansaient ensemble, puis je chantais et toujours, à la fin de ma chanson napolitaine, *Fenesta vascia et patrona crudele,* les yeux de Lise se mouillaient de larmes.

À mesure que je grandissais, mon respect pour la mémoire de Vitalis grandissait aussi, je comprenais mieux ce qu'il avait été pour moi.

Cette vie dura deux ans.

Je m'instruisais dans des livres que possédait le père Acquin, qui n'était pas un simple jardinier, mais qui, avant de se mettre à son compte, avait été employé aux serres du Jardin des Plantes. Je faisais la lecture à haute voix à Lise et finalement, comme Vitalis l'avait fait pour moi, je lui appris à lire. Je n'étais pas un très bon maître, mais enfin après bien des efforts, Lise parvint à tracer quelques lettres où l'on pouvait reconnaître à peu près un mot :

« Allons ! me dit ce soir-là le père Acquin en m'embrassant, j'aurais pu faire une plus grande sottise que de te prendre avec nous ! »

Après la saison des giroflées, le père Acquin cultivait les plantes en usage lors des grandes fêtes d'été, surtout la Sainte-Marie et la Saint-Louis, où les gens achètent beaucoup de fleurs. Nous préparions des milliers de reines-marguerites, de fuchsias, de lauriers-roses. Il fallait que tout cela arrive à la floraison au même moment, et l'on comprendra que le jardinier ne doit pas manquer de talent pour cela.

Acquin était tout content et se frottait les mains en disant : « La saison sera bonne ! »

Le 5 août, toutes nos fleurs étaient prêtes, après un labeur considérable, et pour nous récompenser, le père Acquin nous emmena tous à Arcueil passer la journée chez un de ses amis, jardinier comme lui.

Ce fut une journée superbe. Le déjeuner se prolongea tard. Tout à coup, le père Acquin leva le nez vers le ciel : de gros nuages sombres s'amassaient rapidement vers l'ouest ; un orage se préparait.

« Les enfants ! dit Acquin en sautant sur ses pieds, il faut se dépêcher de rentrer, si le vent casse les panneaux vitrés, ce sera une catastrophe. »

Le jardinier ami du père comprit fort bien ce départ brusqué, car lui-même se hâtait d'aller fermer et protéger ses propres châssis.

Benjamin, Alexis et leur père prirent les devants, tandis que je suivais avec Étiennette et Lise.

Hélas, nous fûmes vite rattrapés par l'orage, et malheureusement, c'était un orage de grêle !

Lorsque nous arrivâmes, le désastre était consommé. Il ne restait plus un panneau de verre ! Toutes les fleurs étaient comme hachées et écrasées sous un monceau de verre brisé et de grêlons énormes ! C'était une catastrophe ! Acquin était entièrement ruiné. Mais le pire allait encore arriver. Le père avait acheté ce jardin il y avait dix ans. Il avait bâti lui-même la maison. Mais celui qui lui avait vendu le terrain lui avait aussi prêté de l'argent pour acheter le matériel nécessaire, somme qui était remboursable en quinze ans. Et l'ancien propriétaire espérait bien qu'il viendrait un jour où le jardinier ne serait pas en mesure de payer son annuité et où il ferait saisir maison et terrain. Ce jour était arrivé.

Le père essaya bien d'obtenir des délais, de se défendre devant les hommes de loi, peut-être les tribunaux. Puis, au milieu de l'hiver, il revint un soir accablé. On allait saisir tout ce qu'il possédait et comme ce ne serait pas assez pour payer sa dette, il était condamné à passer cinq ans en prison pour dettes.

« Voici ce que j'ai décidé, continua-t-il d'un air sombre. Rémi va écrire à ma sœur Catherine Suriot, dans la Nièvre. Catherine viendra. C'est une femme qui ne perd pas facilement la tête et qui connaît les affaires. Elle saura quoi faire de vous. »

La tante Catherine vint à Paris, en effet. Mais avant elle, étaient déjà passés les Gardes du Commerce, et ils emmenèrent le père Acquin, nous laissant anéantis.

La tante Catherine prit tout de suite les choses en main : Lise irait chez elle, à Dreuzy, dans le Morvan. Alexis chez un oncle, qui était mineur dans les Cévennes, à Varses, Benjamin chez un autre oncle, jardinier à Saint-Quentin. Et Étiennette, enfin, chez une tante mariée en Charente, au bord de la mer, à Esnande.

La tante Catherine ne pensait pas à moi.

« Et Rémi ? demandèrent les enfants, il est de la famille ! »

Mais malgré les supplications de Lise, la tante Catherine ne voulut rien entendre. Ce qu'elle disait était vrai, je n'étais pas de la famille, on ne me devait rien, au contraire. Mais qu'allais-je devenir, sans mes frères et mes sœurs, Lise, Étiennette, Benjamin et Alexis ?

« Écoutez, leur dis-je, voici ce que je vais faire : je vais reprendre ma harpe et ma peau de mouton, je n'ai pas oublié mes chansons ni mes airs de danse, je gagnerai ma vie. Et ainsi, j'irai de Saint-Quentin à Varses, de Varses à Esnande et d'Esnande à Dreuzy, je vous verrai les uns après les autres et vous donnerai des nouvelles les uns des autres. »

Tout le monde convint que c'était une bonne idée.

Le lendemain, tous me firent, l'un après l'autre, un cadeau d'adieu : Étiennette me donna du fil, des aiguilles et sa paire de ciseaux. Alexis une de ses deux pièces de cent sous. Benjamin son couteau, en exigeant un sou en échange «pour ne pas couper l'amitié». Lise, enfin, cueillit une branchette de rosier qui portait deux boutons, et m'en donna un, gardant l'autre.

Puis, la voiture partit. Je restai seul, avec ma harpe et Capi.

CHAPITRE XIV

En avant !

ui, le monde était ouvert devant moi et je pouvais tourner dans la direction que bon me semblait : au nord, au sud, à l'est ou à l'ouest.

Mais avant de me lancer à travers la France, j'avais un devoir à accomplir : dire adieu au bon père Acquin. Je n'osai pas traverser Paris avec Capi sur mes talons, j'avais bien trop peur des agents de police. Je pris le parti de lui mettre une ficelle au cou – ce qui blessa fort sa dignité –, et je fis le tour de Paris pour arriver jusqu'à la prison de Clichy.

Ce fut long, et j'eus du mal à y entrer. Mais enfin je vis le pauvre homme. J'étais tellement ému que je ne me souviens guère de ce que je lui dis, sinon que je lui fis part de ma décision de relier entre eux ses différents enfants, répartis entre différents parents, ce qui sembla le soulager beaucoup. Il ne savait pas, en effet, ce qu'étaient devenus les membres de sa famille, jusque-là si unie. Il me fit cadeau de sa montre, sa grosse montre d'argent.

« Ici, vois-tu, me dit-il, je n'en ai vraiment pas besoin. À quoi bon compter les heures, quand on doit les compter pendant cinq ans ? »

Nous nous séparâmes en pleurant. Il me bénit, et ce fut tout. Pauvre père Acquin, en prison à cause de la grêle !

Quand je pense à notre séparation, ce que je retrouve tout en moi, c'est un sentiment d'impuissance, d'anéantissement et de stupidité qui me prit tout entier quand je fus dans la rue. Et pourtant... je palpai dans ma poche un objet rond et dur... MA montre ! N'était-ce pas une amie ? Un souvenir de cet excellent père Acquin ? En passant devant le Palais-Royal, je vis à l'horloge qu'il était midi et demi : je regardai ma montre. Elle marquait une heure. Ma première tentation fut de lui donner un coup de pouce, pour la remettre à l'heure. Je m'arrêtai aussitôt : après tout, qui avait raison ? La montre du père Acquin, ou la pendule du Palais-Royal ? Et pour ce que j'avais à faire, avais-je besoin d'une heure ou d'une autre ? Je haussai les épaules et je gardai l'heure de la montre du père Acquin. J'eus raison, d'ailleurs, comme la suite me le montra.

Mais il fallait aviser dans quelle direction j'allais porter mes pas. Il me fallait sortir de Paris : j'avais le choix entre deux routes, celle de Fontainebleau, par la barrière d'Italie, et celle d'Orléans, par la barrière de Montrouge. L'une m'était aussi indifférente que l'autre. Je pris au hasard celle de la barrière d'Italie, ce qui m'amena dans la rue Mouffetard. Au niveau de l'église Saint-Médard, je vis, appuyé contre un pilier de l'église, une petite silhouette qui ne me parut pas inconnue. Je m'approchai : n'était-ce pas le petit Mattia ? Mais si !

C'était bien sa grosse tête, ses grands yeux tristes, son air doux et résigné : il me semblait grandi, cependant, malgré ces deux ans écoulés !

Je m'approchai : pas de doute, car il me reconnut et me fit un sourire :

« C'est toi qui es venu un jour chez Garofoli, avec un vieux à cheveux blancs ?

– C'était moi, en effet, tu es Mattia ?

– Mattia, oui ! J'avais bien mal à la tête, ce jour-là !

– Tu es toujours avec Garofoli ? »

Il baissa la tête, jeta un coup d'œil rapide autour de lui et me dit à voix basse :

« Garofoli est en prison, il a battu à mort un de mes camarades et la police l'a arrêté. C'était Orlando. Mais je n'étais pas là ; quand je suis sorti de l'hôpital, mon oncle n'a plus voulu de moi, il disait que je lui coûtais trop cher. Alors il m'a vendu à un cirque, le cirque Gassot. Tu connais ?

– Non, fis-je en secouant la tête.

– Oh ! Ce n'est pas un grand cirque, mais enfin c'est un cirque. J'y suis resté jusqu'à lundi dernier, et puis on m'a renvoyé parce que j'ai la tête trop grosse pour entrer dans la boîte aux miracles. Pourtant, j'y ai appris beaucoup de choses. Je suis revenu trouver Garofoli, mais il n'y avait plus personne : la maison était fermée et mon oncle en prison. Voilà. Et toi ? Comment vas-tu ? Moi je n'ai pas mangé depuis hier !

– Attends un moment ! » dis-je.

Je ne fis qu'un saut chez le boulanger voisin et j'achetai une grosse miche de pain. Je revins en courant et j'en donnai la moitié à Mattia. Il ne se fit pas prier et se jeta dessus.

« Comme c'est bon ! me dit-il la bouche pleine.

– Et maintenant, que vas-tu faire ?

– Aucune idée ! me répondit-il. Je pensais vendre mon violon quand tu es arrivé. Je crois que je vais le faire, cela me fera quelques sous. Mais c'est dur, parce que mon violon, c'est ma consolation ; quand je suis trop triste, je cherche un endroit tranquille et je joue pour moi, cela me fait plaisir, il me semble que c'est plus beau que dans les rêves !

– Et pourquoi ne joues-tu pas dans les rues ?

– Oh ! j'ai essayé, personne ne m'a donné le moindre sou ! Mais toi, que fais-tu, maintenant ?

– Eh bien, dis-je d'un ton sérieux, inspiré par je ne sais quelle vanité enfantine, me voici chef de troupe ! »

Mattia siffla d'admiration.

« Dis donc, fit-il d'un air humble, si tu voulais...

– Quoi ?

– M'enrôler dans ta troupe ?

– C'est que, dis-je avec une sincérité revenue, ma troupe se compose en tout et pour tout de Capi, de ma harpe et de moi !

– Eh bien ! avec moi, cela fera quatre ! c'est une vraie troupe cela. Je sais jouer du violon, danser sur la corde, passer à travers les barreaux d'une chaise, chanter, plein de choses ! Tu me donneras la nourriture et c'est tout, et si je ne fais pas bien, tu me battras, excepté sur la tête, cela me fait trop mal depuis que mon oncle Garofoli m'a tapé si fort dessus ! »

Je fus convaincu à l'instant :

« Partons ensemble, dis-je, à deux on fait du meilleur travail que tout seul. Mais tu seras mon camarade, et non pas mon domestique ! Je reste pourtant chef de la troupe ! »

Et me souvenant de Vitalis, je lançai un vibrant :

« En avant, mes enfants ! »

Capi frétilla de la queue et bientôt, nous quittâmes Paris.

Tout en marchant, je réfléchissais. Où allions-nous ? Je n'en savais trop rien. J'avais promis à Lise, à Benjamin, à Alexis, à Étiennette, d'aller les voir à tour de rôle. Mais par qui fallait-il commencer ? En sortant de Paris par le sud, il était clair que je devais me diriger vers les Cévennes ou le Morvan, les autres attendraient. Et puis, j'avais une autre raison d'aller vers le sud : Mère Barberin ! Cela fait bien longtemps que je n'ai parlé d'elle ; il ne faut pas croire pourtant que je l'oubliais ! J'avais souvent pensé à lui écrire, mais voilà, j'avais peur de Barberin, qui aurait pu vouloir me reprendre ! Maintenant que Mattia faisait partie de «ma troupe», je pouvais toujours l'envoyer en éclaireur, donner à Mère Barberin un rendez-vous convenu si Barberin était au pays, ou au contraire aller hardiment à la maison s'il était ailleurs !

Bref, je me mettais à faire des rêves. Je commençai par acheter une carte de France. Il me fallut un certain temps pour en découvrir une comme je la souhaitais : bon marché, complète, comprenant toutes les principales routes, et collée sur une toile, de façon à ce qu'elle ne tombe pas en lambeaux au bout de quelques jours.

Alors j'étalai ma carte sur le sol. Mattia me regarda faire avec autant d'intérêt que Capi. J'eus quelque mal à m'orienter mais je pus finalement déterminer notre itinéraire : Corbeil, Fontainebleau, Montargis, Gien, Bourges, Saint-Amand, Montluçon. À partir de là, il était possible d'aller à Chavanon où habitait Mère Barberin, puisque je m'étais décidé à lui faire ma première visite. Mattia eut beaucoup de mal à comprendre ce que représentait une carte. J'en conçus une grande supériorité.

Comme j'avais débouclé mon sac, l'idée me vint d'en faire l'inventaire. J'avais trois chemises, trois paires de bas, cinq mouchoirs, tout cela en très bon état, et une paire de chaussures de rechange, un peu usagées.

« Et toi ? dis-je à Mattia, qu'as-tu ?

– Mon violon, dit-il d'un air triste, et ce que j'ai sur moi !

– Eh bien, répondis-je, nous allons partager en bons camarades. Mais comme nous devons tout partager, il est juste que tu portes le sac une heure et moi l'heure suivante. »

Après quelques façons, Mattia accepta. L'idée du commandement m'était déjà très agréable. Sur mes vêtements, j'avais placé la petite boîte qui contenait la rose que m'avait donnée Lise.

Mattia me demanda ce qu'elle contenait :

« Quelque chose auquel je tiens beaucoup, lui répondis-je. Cela n'a pas de valeur, mais c'est un souvenir. Promets-moi de ne pas l'ouvrir !

– C'est promis ! » me dit-il gravement.

Là-dessus, je pensai que mon costume n'était pas précisément celui d'un artiste, avec mes pantalons gris de jardinier. L'idée me vint incontinent de me transformer, en coupant mon pantalon, comme faisait Vitalis, et je me mis à y travailler grâce aux ciseaux et aux aiguilles que m'avait donnés Étiennette.

« Pendant ce temps-là, dis-je à Mattia, montre-moi donc comment tu joues du violon ! »

Mattia ne se fit pas prier, il sortit son instrument et son archet, et se mit à jouer.

J'étais bouche bée : Mattia jouait presque aussi bien que Vitalis !

« Mais qui diable t'a appris le violon ? demandai-je au comble de la stupéfaction.

– Euh ! dit-il, personne, un peu tout le monde, et surtout moi, en travaillant !

– Mais tu as étudié la musique ?

– Hélas non, je joue ce que j'ai entendu !

– Si tu veux, je t'apprendrai la musique, moi !

– Pas possible ? fit Mattia, tu sais donc tout ?

– Il le faut bien, dis-je d'un ton majestueux, puisque je suis chef de troupe ! »

On n'est pas artiste sans avoir son amour-propre : je voulus montrer à Mattia que moi aussi, j'étais musicien. Je pris ma harpe et, pour frapper un grand coup, j'entamai ma fameuse chanson napolitaine : *Fenesta vascia et patrona crudele.*

Et alors, comme cela se devait entre artistes, Mattia me retourna les compliments que je venais de lui adresser : il avait un grand talent, j'avais un grand talent, etc.

Cependant, il fallait songer au dîner et nous nous remîmes en route.

« Apprends-moi ta chanson, me dit Mattia, je tâcherai de t'accompagner ! »

C'était une très bonne idée, et je me promis bien d'y penser. En attendant, comme nous traversions un village au-delà de Villejuif, nous préparant à chercher un endroit convenable à une représentation, nous passâmes devant une grosse ferme dont la cour était remplie de gens endimanchés, ornés de rubans et qui avaient l'air bien joyeux : c'était une noce !

Je pensai aussitôt que ces gens seraient peut-être contents d'avoir de la musique, et, entrant hardiment, je proposai nos bons offices à un gros garçon à la figure rouge encadrée d'un immense col raide et blanc. Il ne me répondit pas, mais se retourna vers les autres en criant d'une voix de tonnerre :

« Holà ! vous autres ! v'la des artistes qui nous arrivent ! Qu'est-ce que vous diriez d'*un petit air de musique* ? »

L'enthousiasme qui salua cette proposition nous ravit, Mattia et moi !

En un tournemain, on avait dégagé une charrette, bien calée sur des étais, nous y étions installés et les gens criaient de toute part : « En place pour le quadrille ! »

« As-tu déjà joué des quadrilles ? demandai-je à Mattia, fort inquiet.

– Certainement ! »

Il m'en indiqua un sur son violon, et par un réel coup de chance, je le connaissais également. Cela ne fut peut-être pas d'une exécution parfaite, mais fort heureusement, notre public n'était pas difficile.

« L'un de vous deux sait-il jouer du cornet à pistons? demanda tout à coup le gros rougeaud.

– Oui, dit Mattia, mais je n'en ai pas !

– Qu'à cela ne tienne, je vais aller vous en chercher un!

– Tu joues aussi du cornet à pistons ? demandai-je avec étonnement à Mattia.

– Oui, oui, dit-il avec assurance, du cornet à pistons, de la trompette, de la flûte, de tout ce qu'on veut, en fait ! »

Décidément, il était précieux, Mattia !

À la nuit tombante, nous étions épuisés d'avoir joué, surtout Mattia qui s'époumonait dans son cornet à pistons. Capi fit la quête, une quête splendide ! Les pièces blanches pleuvaient dans le chapeau ! Et ce ne fut pas tout : on nous donna à dîner, on nous fit coucher à la ferme, et quand au matin nous nous remîmes en route, nous étions à la tête de vingt-huit francs ! Une véritable fortune !

« C'est à toi que nous le devons, Mattia ! dis-je, tout seul, je n'aurais pas fait un orchestre ! »

Et, me souvenant du père Acquin, j'ajoutai :

« Décidément, j'aurais pu faire une plus grande bêtise que de te prendre dans ma troupe ! »

En arrivant à Corbeil, nous fîmes l'acquisition d'un cornet à pistons qui nous coûta trois francs. Il n'était peut-être pas de première jeunesse, mais convenablement nettoyé, il faisait parfaitement l'affaire. Et quand nous quittâmes Corbeil, tous frais payés, nous avions trente francs !

« C'est trop beau ! disait Mattia en riant, un chef de troupe qui ne vous bat pas, de l'argent comme s'il en pleuvait! C'est vraiment la première fois de ma vie depuis que j'ai quitté l'Italie que je ne regrette pas l'hôpital!»

Cette situation prospère m'inspira des idées nouvelles. Mon intention était tout d'abord de voir Mère Barberin. Mais venir seulement l'embrasser, n'était-ce pas un peu mesquin ? Il fallait lui faire un cadeau ! Mais quel cadeau ! Une vache, pardi, pour remplacer notre regrettée Roussette ! Combien pouvait bien coûter une vache ?

Avec l'assentiment de Mattia, enthousiaste pour ce projet, j'entrepris de me renseigner à ce sujet et, à la première occasion, j'interrogeai un bouvier dont l'air brave homme m'avait donné confiance. Il commença par me rire au nez et fit force plaisanteries pour savoir si je voulais une vache savante. Enfin, il m'offrit de me vendre un animal dont il disait le plus grand bien : elle ne mangeait à peu près rien, donnait plusieurs seaux de lait par jour, était affectueuse, bref, c'était à se demander pourquoi il voulait se défaire de cette huitième merveille du monde. J'eus beaucoup de mal à refuser, mais je sus enfin qu'une vache coûtait environ deux cent cinquante francs ! Cette nouvelle me consterna. Deux cent cinquante francs, c'était vraiment une somme énorme ! Pourtant, si nos recettes continuaient à être aussi fructueuses que les jours passés, à la rigueur, et en économisant sou par sou, cela devait être possible. Seulement, il faudrait du temps !

Cela me donna une idée : si, au lieu d'aller directement à Chavanon, nous allions tout d'abord à Varses, voir Alexis, cela nous donnerait peut-être le temps d'économiser les deux cent cinquante francs !

Mattia fut d'accord avec ce projet :

« Allons à Varses, dit-il, les mines, c'est peut-être curieux, et je serais bien aise d'en voir une ! »

CHAPITRE XV

Le perruquier de Mende

La route de Montargis à Varses n'était pas une simple promenade : il y a bien cinq à six cents kilomètres en ligne droite et, pour nous, nous en fîmes bien mille, à cause des détours que nous imposait notre activité, nous contraignant à rechercher les gros bourgs où nous pouvions donner des représentations.

Nous mîmes trois mois. Mais en arrivant aux environs de Varses, nous n'étions pas peu fiers, Mattia et moi : nous avions dans une bourse de cuir, des économies qui se montaient à cent vingt-huit francs !

Je ne m'étendrai pas sur cette triste ville de mineurs qu'est Varses. Nous y vîmes Alexis, qui était devenu mineur avec son oncle, un brave homme à la figure franche et qui ressemblait beaucoup au père Acquin.

Je visitai les mines de charbon : elles ne me plurent point. J'avais trop l'habitude du grand air.

Je fus heureux de voir Alexis, certes, qui me fit force démonstrations d'amitié, mais je fus heureux de quitter cette ville noire. Le bon Mattia était comme moi : il avait soif de grand air. Il est vrai de dire que Mattia ne ressemblait plus guère au pauvre enfant chétif que j'avais connu rue de Lourcine. Il avait toujours la tête fragile, certes, mais il avait pris des couleurs, s'était étoffé, et il était la bonne humeur même. Il était presque aussi content que moi à l'idée d'acheter une vache pour Mère Barberin ! Pour le reste, nous nous entendions à merveille : c'est tout simple, nous étions extrêmement différents ! J'avoue que je me fâchais souvent quand je lui donnais des leçons de lecture et d'écriture, et pourtant j'ose dire que j'avais fait des progrès comme professeur, depuis que j'avais appris à lire à Lise ! En revanche, quand je lui apprenais les rudiments de musique que je possédais, il manifestait une compréhension qui me laissait abasourdi ! Mattia semblait né pour la musique !

Nous quittâmes Varses sans regrets, sauf celui de laisser derrière nous Alexis et son oncle Gaspard.

En avant ! La harpe sur l'épaule et le sac au dos, nous prîmes de nouveau les grands chemins, avec Capi joyeux qui se roulait dans la poussière.

Nous décidâmes, Mattia et moi, de nous diriger directement sur Ussel, puis sur Clermont, ce qui, tout en présentant l'avantage de nous rapprocher en gros de Chavanon, nous permettrait de faire des représentations dans les villes d'eaux comme Saint-Nectaire, le Mont-Dore ou la Bourboule. Et plus nous aurions d'argent, plus la vache de Mère Barberin serait belle, et plus nous aurions de succès en jouant la féerie que j'imaginais et qui, dans mon esprit, s'intitulait «La vache du Prince»!

Cependant, je commençais à avoir du mal à faire étudier la musique à Mattia. Non pas qu'il refusât d'étudier, bien au contraire, mais il commençait tout simplement à être aussi fort que moi, ce qui n'allait d'ailleurs pas très loin. Mais enfin, Mattia commençait à me poser des questions bien embarrassantes comme : « Pourquoi accorde-t-on un violon sur certaines notes plutôt que d'autres ? »

Que voulez-vous répondre à cela ? Je n'en savais absolument rien ! Je m'en tirai en répondant dignement que le violon n'était pas mon instrument. Mais ce genre d'échappatoire n'était plus de mise lorsque Mattia me posait des questions sur les bémols et les dièses ! Je répondais comme je pouvais. Mattia ne se fâchait pas, mais il me regardait d'un air perplexe qui me rendait tout à fait malheureux.

Nous avions quitté Varses depuis quelques jours quand il aborda la question d'un air préoccupé.

« Écoute, me dit-il, tu es bon professeur, il n'y a pas à dire, et je crois que personne ne m'aurait appris autant de choses comme tu l'as fait. Pourtant...

– Pourtant quoi ?

– Eh bien, je crois qu'il y a aussi des choses que tu ne connais pas. Cela arrive aux plus savants, n'est-ce pas ? Je me suis dit que si tu acceptais, nous pourrions peut-être acheter, pas cher, bien sûr, mais enfin, acheter un livre où l'on trouverait les principes de la musique. Qu'en penses-tu ? »

Et il me regarda de côté d'un air plein d'anxiété. Je dus bien convenir qu'il avait raison.

« Cependant, fis-je, je crois qu'un bon maître vaut encore mieux que tous les livres. Ce qu'il faudrait, c'est demander une leçon, en quelque sorte, à un vrai musicien... »

J'avoue que j'eus quelque mérite à faire cette déclaration. Ce n'est pas de gaîté de cœur que l'on avoue son ignorance. Mais le sourire épanoui de Mattia me consola :

« Je n'osais pas t'en parler, me confia-t-il. En arrivant à Mende, nous nous renseignerons.

– Bonne idée, dis-je avec un soupir. Et j'ajoutai bravement : comme cela, je pourrai apprendre moi-même ce que je ne sais pas. »

Le lendemain, nous arrivâmes à Mende, à la nuit tombée, recrus de fatigue. Mais Mattia ne voulut pas se coucher sans avoir demandé à la maîtresse de l'auberge s'il y avait un maître de musique dans la ville.

L'hôtesse, grande et grosse femme réjouie, nous regarda de la tête aux pieds avant de nous demander :

« Vous n'avez donc jamais entendu parler de M. Espinassous ?

– Nous venons de loin ! dis-je en manière d'excuse.

– De vraiment très loin, alors !

– D'Italie ! » ajouta Mattia avec un sourire.

Le fait que nous venions d'aussi loin parut suffisant à la brave femme ; mais il était visiblement heureux que Mattia eût pensé à cette formidable excuse, car eussions-nous dit que nous venions simplement de Paris que le fait d'ignorer l'immense réputation de maître Espinassous lui eût paru sans aucun doute impardonnable !

Cependant, la crainte me vint qu'un homme aussi célèbre ne consentît pas à donner une leçon aux pauvres vagabonds que nous étions.

« M. Espinassous est sans doute très occupé ? demandai-je.

– Je crois bien ! répondit la femme, sa boutique ne désemplit pas !

– Il n'accepte peut-être pas tout le monde ?

– Pourquoi cela ? Il accepte tous ceux qui se présentent, pourvu qu'ils aient de l'argent, en tout cas ! »

Le lendemain, nous nous mîmes en route, Mattia portant son violon, moi ma harpe, et nous nous acheminâmes vers l'adresse qu'on nous avait indiquée. Nous arrivâmes ainsi devant la boutique d'un coiffeur.

« C'est curieux, me dit Mattia, un musicien qui habite chez un coiffeur ! Enfin, n'importe, entrons. »

Nous entrâmes. La boutique était étrange; en plus des ustensiles que l'on voit habituellement chez les coiffeurs, peignes, brosses, flacons de lotion et cuir à repasser les rasoirs, les murs étaient garnis d'un grand nombre d'instruments de musique ! Le coiffeur, présentement occupé à raser un gros paysan riche, était un long homme mince et vif, frétillant comme un oiseau, qui nous fit signe de nous asseoir.

« Pardon, demandai-je, nous voudrions voir M. Espinassous ?

– C'est moi-même ! » répondit le coiffeur d'une magnifique voix de basse taille.

Nous nous regardâmes, ahuris. Mais au lieu de comprendre mon coup d'œil, qui signifiait : «Allons-nous en, ce n'est sûrement pas ce qu'il nous faut», Mattia alla délibérément s'asseoir dans un fauteuil en demandant à voix haute :

« Pourriez-vous me couper les cheveux, lorsque vous en aurez fini avec Monsieur ?

– Sans aucun doute ! répondit M. Espinassous d'un air narquois, et si vous voulez, jeune homme, je vous ferai une taille de moustaches gratuite !

– Merci, dit Mattia en riant, pas aujourd'hui, une autre fois, quand je repasserai ! »

Je ne comprenais rien à ce que faisait Mattia. Pourtant je commençai à admirer son aplomb quand le coiffeur, ayant expédié son client, fit asseoir Mattia sur le fauteuil et lui noua la grande serviette autour du cou :

«Monsieur, déclara Mattia tout à trac, nous avons une

discussion, mon ami et moi, et comme nous savons que vous êtes un célèbre musicien, nous avons pensé que vous voudrez peut-être nous donner votre avis sur ce qui nous embarrasse.

– Et qu'est-ce qui vous embarrasse, jeunes gens ? »

Là, j'admirai sincèrement Mattia : je voyais enfin ce qu'il voulait faire, c'est-à-dire tâter le célèbre musicien et se faire donner une leçon de musique pour le prix d'une coupe de cheveux !

« Eh bien, dit mon ami, nous voudrions savoir pourquoi on accorde un violon sur certaines notes et non pas sur d'autres ?

– C'est très simple, répondit le coiffeur musicien tout en enlevant à Mattia une bonne partie de ses boucles brunes, un violon s'accorde de quinte en quinte, en sorte que, la deuxième corde à gauche donnant le *la* du diapason, la plus grave va donner le *sol*, la troisième le *ré* et la chanterelle ou première corde le *mi* ». Êtes-vous satisfait ? »

Mais Mattia n'était pas satisfait et tant que dura sa coupe de cheveux, il ne cessa de poser question sur question, auxquelles le musicien perruquier répondait avec la meilleure grâce du monde.

« Ah ça, dit-il finalement, puis-je vous demander si vous êtes venu vous faire couper les cheveux ou prendre un cours complet sur la théorie de la musique ? »

Mattia avoua sa ruse. Le coiffeur en rit aux éclats.

« Voilà de sympathiques petits gamins ! » dit-il.

Puis il voulut que Mattia lui jouât quelque chose sur son violon. Il l'écouta la bouche ouverte :

« Et tout cela sans savoir une seule note de musique ! » s'écria-t-il.

Le morceau terminé, Mattia joua quelque chose sur la clarinette qui était posée entre les flacons d'eau de senteur, puis un morceau de cornet à pistons. Le coiffeur était dans le ravissement.

« C'est prodigieux ! s'écria-t-il, cet enfant est un prodige ! Reste avec moi, mon enfant, je ferai de toi un grand musicien ! Le matin, tu raseras la clientèle, et le reste de la journée je te ferai travailler ! Et ne va pas croire que je ne suis pas bon professeur parce que je suis barbier-coiffeur ! Je suis coiffeur parce qu'il faut vivre ! »

J'étais très inquiet. Mattia n'allait-il pas accepter ?

Heureusement, Mattia déclara bravement qu'il ne pouvait pas me quitter, attendu que nous faisions une troupe. Je respirai.

Le coiffeur parut attendri.

« Attends, dit-il, je vais te faire un cadeau. »

Il fouilla un moment dans divers tiroirs et après pas mal de recherches, il trouva un petit livre qui avait pour titre : *Théorie de la Musique.*

Oh ! C'était un petit livre, bien vieux, bien fatigué, bien usé, mais il le donna à Mattia après avoir écrit sur la page de garde : « Offert à l'enfant qui, devenu un artiste, se souviendra du perruquier de Mende. »

Je ne sais ce qu'est devenu cet excellent homme ; en tout cas, Mattia et moi, nous ne l'avons jamais oublié.

CHAPITRE XVI

La vache du prince

Je dois dire que si j'aimais bien Mattia en arrivant à Mende, je l'aimais encore davantage en quittant la ville : c'était, on en conviendra, un réel trait d'amitié que de renoncer à la proposition du sympathique perruquier pour partager mon sort !

Les progrès de Mattia en lecture, jusqu'alors assez peu encourageants, devinrent tout à coup extrêmement rapides lorsqu'il eut cette bienheureuse *Théorie de la Musique.* Et tout le temps que nous mîmes pour traverser l'Auvergne, il lut et relut sa Théorie.

Nous arrivâmes enfin dans la région des villes d'eaux, la Bourboule, le Mont-Dore, surtout, où nous fîmes de fructueuses recettes. Je dois dire que le mérite en revenait surtout à Mattia qui avait appris à l'école de Garofoli toutes les finesses de l'art d'entraîner les gens à mettre la main à la poche. Il analysait avec une surprenante justesse les sentiments de chacun, rien qu'à sa démarche et son costume : voyait-il une jeune femme élégante et mélancolique, il en concluait aussitôt qu'il s'agissait d'une jeune veuve, devant qui il fallait jouer des airs à la fois tristes et langoureux. Les plus grands succès, Mattia les obtenait auprès des enfants. Comment s'y prenait-il ? Je ne l'ai jamais compris. Mais les choses étaient ainsi : il plaisait, on l'aimait !

Le résultat de notre campagne fut absolument merveilleux : toutes nos dépenses payées, nous eûmes bientôt soixante-huit francs. Nous avions désormais deux cent quatorze francs et nous pouvions songer sérieusement à acheter notre vache !

Nous décidâmes de partir sans plus attendre pour Ussel où devait se tenir, nous avait-on dit, une importante foire aux bestiaux.

C'est là que nous commençâmes à avoir des idées différentes. Mattia voulait une vache blanche, moi une vache rousse, en souvenir de la pauvre Roussette. Mais comment la choisir ? Nous ne nous y connaissions absolument pas en vaches et nous avions une peur horrible de nous faire voler. Combien n'avions-nous pas entendu d'histoires de ce genre ! Un paysan achète à la foire une vache superbe, avec une mamelle énorme : rentré chez lui, il s'aperçoit que la vache a eu «la mamelle soufflée» et qu'elle ne donnera pas deux verres de lait par jour ! Un autre voit la queue de sa vache lui rester dans la main : le vendeur lui avait mis un postiche !

Cette dernière tromperie tracassait beaucoup Mattia qui se promettait bien de se suspendre de toutes ses forces à toutes les queues de vaches qu'il verrait !

Nous trouvâmes cependant un moyen moins aléatoire que de piquer la mamelle des vaches avec une épingle, pour voir «si elle était soufflée», comme nous l'avions d'abord pensé : nous allions nous adresser à un vétérinaire. La consultation nous coûterait de l'argent, sans

doute, mais nous n'aurions pas affaire directement à des maquignons.

Deux jours de marche nous menèrent à Ussel, où nous arrivâmes de bonne heure. Je revis la petite ville avec émotion : n'était-ce pas là que j'avais débuté dans *Le Domestique de M. Joli-Cœur* ?

Pauvre Joli-Cœur ! Pauvre Vitalis ! Des six que nous étions à cette époque, il ne restait plus que Capi et Moi !

Nous n'eûmes pas de difficulté à trouver l'adresse d'un vétérinaire, mais celui-ci s'étonna grandement de notre idée :

« Mais il n'y a pas de vache savante, dans le pays ! » nous dit-il en riant.

Je lui expliquai la raison de cet achat.

« Vous êtes de bons garçons, finit-il par dire avec un sourire. C'est bien, je vous accompagnerai demain à la foire et je vous promets que votre vache n'aura pas de queue postiche.

– Ni la mamelle soufflée ?

– Ni la mamelle soufflée ! Mais pour avoir une bonne vache, vous savez sans doute qu'il faut pouvoir la payer ?

– Certainement, et nous avons l'argent, mais à vous, Monsieur, combien vous devrons-nous ?

– Rien du tout ! J'aurais vraiment scrupule à prendre de l'argent à de bons garçons comme vous ! »

Je ne savais comment remercier ce brave homme.

– Aimez-vous la musique, Monsieur ? demanda soudain Mattia.

– Beaucoup, mon enfant.

– Et puis-je vous demander à quelle heure vous vous couchez ? »

Le vétérinaire regarda Mattia d'un air véritablement très étonné, mais il répondit sans se fâcher qu'il se mettait au lit vers neuf heures.

« Merci, Monsieur, à demain sept heures ! »

Pour moi, j'avais compris ce qui unissait ces questions décousues de mon associé : il pensait remercier le brave vétérinaire par une sérénade au moment où il se mettrait au lit ! Et c'est bien ce que nous fîmes, mais le vétérinaire nous fit entrer en souriant dans son jardin, en nous faisant remarquer que si lui-même aimait beaucoup la musique, tout le monde ne l'appréciait pas forcément au moment de se coucher et qu'un agent de police aurait bien pu nous emmener au commissariat pour tapage nocturne.

Le lendemain matin, nous étions au rendez-vous. La cour de l'auberge était encombrée de charrettes chargées de paysans en blouse venus à la foire, les rues d'Ussel retentissaient de meuglements de vaches, il y avait des vaches, des veaux, des cochons partout! Mattia et moi nous courions d'une vache à l'autre, nous avions nos préférées, nous avions des airs compétents qui divertissaient fort notre ami le vétérinaire. Mais, celui-ci nous départagea en choisissant très raisonnablement une petite vache du Rouergue qui faisait, nous dit-il, parfaitement notre affaire.

Il se chargea du marchandage avec le vendeur, et ce fut bien heureux pour nous, car cet homme en demandait trois cents francs! Les bras nous en tombèrent! Finalement, le vétérinaire, à force de dire du mal de cette pauvre vache (ce qui nous consternait, car nous pensions qu'il était sincère), fit descendre le prix à deux cent dix francs. Mais il fallut encore payer «les épingles de la bourgeoise»: qu'était-ce? Je n'en sais rien, mais cela nous coûta vingt sous supplémentaires. «Le vin de la fille» nous coûta encore dix sous, et finalement, la longe encore vingt sous! Nos vingt derniers sous! Mais nous avions la vache, avec son licou et sa longe!

«Bon, dit Mattia avec enthousiasme, ce n'est pas grave, les cafés sont pleins de monde, nous allons travailler pour dîner!»

La vache fut ramenée triomphalement à l'auberge et placée à l'écurie. Puis nous nous séparâmes pour aller faire de la musique dans les rues. Le soir nous avions gagné sept francs à nous deux! La fille de cuisine consentit à traire la vache et nous en fîmes notre souper: quel lait merveilleux! Mattia jurait qu'il était sucré et qu'il sentait la fleur d'oranger, comme le lait qu'il buvait à l'hôpital, mais en bien meilleur!

Le lendemain matin, fiers comme des rois, nous prîmes de bonne heure la direction de Chavanon. Nous n'en étions plus très loin et je n'avais plus besoin de consulter la carte, je connaissais parfaitement le pays. Mais pour ne pas fatiguer notre vache, qui marchait d'un pas de sénateur, je décidai que nous nous arrêterions dans le village avant Chavanon, où j'avais passé la première nuit avec Vitalis. C'est là que nos ennuis commencèrent. Nous avions décidé de partager la journée en deux, en la coupant du déjeuner, le nôtre, certes, mais surtout celui de la vache, c'est-à-dire l'herbe des fossés.

Comme le déjeuner de la vache dura fort longtemps, nous en profitâmes pour faire une bonne partie de billes. Car il ne faudrait pas croire, de ce que nous allions gagner notre vie sur les routes, nous conduisant à peu près comme des grandes personnes, que nous n'étions pas des enfants comme les autres. Nous étions très enfants, au contraire, et nous aimions beaucoup jouer aux billes !

Bref, au bout d'un moment, la vache mangeait toujours et ne semblait pas disposée à s'arrêter de sitôt.

« Dis donc, fit tout à coup Mattia, qui restait difficilement en place, si je lui jouais un air de cornet à pistons ? Nous avions une vache, dans le cirque Gassot, et elle aimait beaucoup la musique ! »

Et sans en demander davantage, Mattia se mit à jouer une fanfare à la vache. Aux premières notes, celle-ci leva la tête d'un air effaré, et avant que j'aie pu me jeter sur elle pour saisir la longe, elle partit au grand galop devant elle, terrifiée !

Nous saisîmes en hâte nos sacs, et nous courûmes à sa poursuite en criant. Capi essaya bien d'arrêter ce satané animal, mais voilà, malgré de nombreux talents, Capi n'était pas un chien de berger : il lui sauta aux pattes au lieu de lui sauter au nez, et la vache courut de plus belle.

La vache arriva au village évidemment bien avant nous, mais comme la route était droite, nous vîmes que des gens arrêtaient l'évadée et nous ralentîmes un peu le pas, à peu près sans souffle. Quand nous arrivâmes, il y avait bien une vingtaine de paysans autour de notre vache, qui discutaient en nous regardant venir. Je m'avançai en souriant pour récupérer notre bien, mais les gens ne souriaient pas du tout : « Qui étions-nous ? D'où venions-nous ? Et où donc avions-nous eu cette vache ? »

J'expliquai tout cela, mais je vis bien qu'on ne me croyait pas et deux ou trois voix s'élevèrent même pour dire que nous avions certainement volé une vache échappée et qu'il fallait nous mettre en prison !

À ces mots, je pâlis, je balbutiai, on crut que nous étions effectivement des voleurs, on envoya chercher le garde-champêtre, et une demi-heure plus tard, nous étions bel et bien en prison !

Et notre vache ? Notre pauvre vache ? Qu'allait-on en faire ? Ah ! il était beau, le cadeau de la Mère Barberin !

Un moment plus tard, le juge de paix arriva et vint nous interroger séparément. Je racontai toute l'affaire, la détresse dans la voix. La juge parut me croire, mais il me dit qu'il allait naturellement vérifier mes dires.

Et au fait, pourquoi n'avais-je pas de papiers ?

Je restait tout interdit : je n'y avais jamais pensé ! Et pourtant cela aurait été si simple, à Paris !

Enfin, la chose s'arrangea le lendemain, grâce, encore une fois à notre ami le vétérinaire d'Ussel qui certifia tout ce que nous avions raconté, et témoigna de ce que nous avions bel et bien payé notre vache !

On nous rendit finalement notre vache et Mattia se remit à danser en jetant son chapeau en l'air. La vache du Prince ferait quand même son entrée triomphale à Chavanon !

CHAPITRE XVII

Mère Barberin

On se doute de mon émotion en revoyant Chavanon du haut de la colline. Je saisis la main de Mattia ; un flocon de fumée jaunâtre s'échappait de notre petite cheminée !

« Mère Barberin est chez elle ! m'écriai-je d'une voix étranglée, et tiens ! tu vois d'ici le poirier dont je t'ai tant parlé ! Là, dans la cour ! Et derrière, c'est l'étable ! Descendons vite !

– Attends, dit Mattia, si Mère Barberin est chez elle, comment allons-nous lui faire la surprise, avec notre vache ?

– Eh bien, tu entreras tout seul et tu lui diras que tu lui amènes une vache de la part du prince ! Et quand elle te demandera qui est donc ce prince, j'apparaîtrai !

– C'est superbe ! Si l'on pouvait jouer en même temps une petite fanfare, ce serait encore plus beau !

– Eh ! dis donc ! Pas de bêtise, hein, Mattia !

– Sois tranquille ! " dit-il en riant.

Mais comme nous descendions la route, nous vîmes

au loin une silhouette coiffée d'un bonnet blanc qui sortait de la maison et se dirigeait vers le village.

« Allons bon! fis-je, Mère Barberin est sortie, il va nous falloir inventer une autre surprise!

– Si tu l'appelais? »

Je dois dire que j'en eus bonne envie, mais il y avait si longtemps que je songeais à ma surprise que je ne pouvais y renoncer! Et il fallait que tout se passe comme nous l'avions décidé, nous avions même acheté en passant au dernier village du beurre et de la farine pour faire des crêpes! J'en avais tant parlé à Mattia!

Mais je connaissais bien les habitudes de Mère Barberin, je me doutais qu'elle n'aurait pas fermé la porte autrement qu'à la clanche, et en arrivant devant notre brave vieille porte je vis que j'avais eu raison. Mattia, parti en éclaireur, m'assura que la maison était vide. Vite, nous entrâmes, en tirant notre vache, et j'ouvris la porte de l'étable. Elle était remplie de fagots que nous entassâmes dans un coin. Ce ne fut guère long; elle n'étais pas bien grosse la provision de Mère Barberin! Nous plaçâmes la vache devant le râtelier vide et nous entrâmes dans la maison. Il était temps, la silhouette de Mère Barberin se voyait déjà au bout du chemin!

« Cache-toi vite! » dis-je à Mattia.

Pour moi, je m'assis près de la cheminée, sur mon petit tabouret. Je cachai mes cheveux longs sous le col de ma veste et je me fis tout petit.

Mère Barberin m'aperçut dès l'entrée :

« Qui est là? demanda-t-elle un peu inquiète. Mais... mais... est-ce toi? Rémi?

Je me levai d'un bond et je courus la serrer dans mes bras tandis qu'elle répétait en sanglotant :

« Mon garçon! C'est mon garçon! Tu es revenu! »

Un reniflement derrière le lit me rappela Mattia : je le

présentai, comme je présentai Capi, lequel salua gravement en plaçant une patte de devant sur le cœur et en s'inclinant cérémonieusement. Cela fit bien rire Mère Barberin, et sécha ses larmes.

Cependant, je me dirigeai sournoisement vers la porte sous prétexte de montrer à Mattia le fameux poirier, et Mère Barberin me suivait pas à pas sans méfiance.

« Et les topinambours que j'avais plantés, étaient-ils bons, au moins? demandai-je.

– C'était donc toi qui m'avais fait cette surprise? dit-elle en souriant, je m'en doutais bien! Tu as toujours adoré faire des surprises! »

Et à ce moment, comme nous passions devant l'étable, la vache crut sans doute que l'on venait lui porter à manger et poussa un formidable beuglement :

« Oh, mon Dieu! s'écria Mère Barberin en devenant toute pâle, mais il y a une vache dans l'étable! »

Et à ces mots, notre joie déborda, à Mattia et à moi, et nous nous mîmes à danser en poussant des cris d'allégresse!

Comment raconter une scène pareille? Comment expliquer pourquoi les crêpes étaient meilleures que jamais, que Mattia se brûlait à les dévorer alors qu'elles sortaient à peine de la poêle? Que Mère Barberin ne savait que répéter en joignant les mains :

« Ah, mon Dieu! Ah, mon Dieu! Les bons enfants! Les bons enfants! »

Notre bonheur était sans égal, surtout depuis que j'avais appris que Barberin était à Paris et ne viendrait pas exiger de la soupe à la place de nos crêpes!

Et à ce sujet, Mère Barberin avait d'ailleurs des choses à me dire qu'elle ne voulait manifestement pas prononcer devant Mattia, bien que j'eusse précisé que Mattia était pour moi plus qu'un frère.

« Mais, dis-moi un peu, fit tout à coup Mère Barberin avec une expression de reproche, pourquoi ne m'as-tu jamais écrit pour me donner de tes nouvelles? Si Rémi était encore vivant, me suis-je dit bien des fois, il écrirait à sa Mère Barberin!

– Certes, répondis-je, seulement elle n'était pas toute

seule et il y avait avec elle un certain père Barberin qui m'avait vendu quarante francs à un vieux musicien ambulant !

– Eh oui, je sais, dit-elle avec un soupir.

– Ce n'est pas pour m'en plaindre, ajoutai-je vivement, c'est pour t'expliquer. J'avais peur qu'on ne me vendît de nouveau. Et c'est pourquoi je n'ai pas donné de mes nouvelles après la mort du pauvre Vitalis, mon excellent vieux maître.

– Il est donc mort, le vieux musicien ?

– Oui, et je l'ai bien pleuré, car c'est lui qui m'a appris le peu de choses que je sais. Ensuite, j'ai été recueilli par des jardiniers, près de Paris, qui m'ont traité comme un fils pendant deux ans. Si je t'avais écrit « Je suis jardinier à la Glacière », ne serait-on pas venu m'y chercher ? Ou n'aurait-on pas demandé de l'argent à ces braves gens ? Je ne voulais ni l'un ni l'autre. »

Là-dessus, Mattia, qui était fin, déclara qu'il allait faire un tour dehors et nous laissa seuls.

« Tu m'as dit tout à l'heure que tu avais quelque chose à me dire au sujet du voyage de Barberin à Paris ?

– Eh bien, oui, mon enfant, et ce sont de bonnes nouvelles ! »

J'étais extrêmement intrigué.

« Il paraît que tes parents te recherchent !

– Mes parents ? Est-ce possible ? Mais non ! C'est Barberin, qui me cherche ?

– Sans doute, c'est Barberin, mais pour te rendre à ta famille. N'aie pas peur et écoute ce que j'ai entendu moi-même. Il y a un peu plus d'un mois, je travaillais dans le fournil quand un homme, ou plutôt un monsieur, entra dans la maison. « C'est vous qui vous nommez Barberin ? demanda-t-il à Jérôme. – Oui, dit Jérôme, c'est moi ! – C'est vous qui avez trouvé il y a une dizaine d'années un enfant à Paris, avenue de Breteuil et qui vous êtes chargé de l'élever ? – Et qu'est-ce que cela peut vous faire, s'il vous plaît ? dit Jérôme. »

Je ne doutais pas une seconde des paroles de Mère Barberin, cette dernière réponse de Barberin montrait à elle seule qu'elle n'enjolivait rien !

« Cependant, continua-t-elle, je n'ai pas entendu la suite, car ils sont sortis ensemble pour aller discuter dehors. Tu imagines combien j'étais curieuse de savoir ce qu'ils se disaient, mais Jérôme, le soir, ne m'en dit pas grand-chose, seulement que le monsieur qui était venu n'était pas ton père mais qu'il faisait des recherches pour te retrouver de la part de ta famille ! Il ne savait pas qui elle était, et je n'en sais rien d'autre, mais c'est là qu'il m'a annoncé qu'il allait partir pour Paris afin de retrouver le musicien auquel il t'avait loué et qui lui avait donné son adresse, chez un autre musicien nommé Garofoli. J'ai bien retenu tous les noms, il faut que tu les retiennes toi-même, c'est important ! »

Je hochai la tête : je n'avais guère de chances d'oublier le nom de Garofoli !

« Je n'aurai garde ! Et depuis, as-tu des nouvelles ?

– Non, sans doute il cherche toujours. Le monsieur lui avait donné cent francs en or, et sans doute il lui en aura donné d'autre depuis. Cela, et les beaux langes dans lesquels tu étais emmailloté, montre que ta famille est riche, c'est sûr ! »

À ce moment, Mattia passait devant la porte : « Mattia, criai-je, une grande nouvelle : ma famille me cherche ! »

Mais, à mon étonnement, il me sembla que Mattia manifestait moins d'enthousiasme que moi.

CHAPITRE XVIII

L'ancienne et la nouvelle famille

J'eus bien du mal à m'endormir, ce soir-là. Je fis des rêves très compliqués où je retrouvai non seulement une magnifique famille immensément riche, mais aussi Vitalis, et même Zerbino et Dolce qui n'avaient jamais été mangés par les loups! Mme Milligan était ma tante et Vitalis était mon véritable père! Qui n'a eu de ces rêves extraordinaires, à un moment ou un autre de sa vie?

Cependant, le lendemain, la pensée me vint aussitôt que s'il était vrai que ma famille me recherchait, je devais nécessairement passer par l'intermédiaire de Barberin pour la retrouver et cela ne me plaisait guère. Barberin n'avait jamais eu le moindre sentiment pour moi : il m'avait ramassé dans la rue en escomptant en tirer un bénéfice, puis il m'avait vendu à un musicien ambulant, maintenant il cherchait à me vendre à ma famille, je ne lui devais pas de reconnaissance. Quelle différence entre le mari et la femme!

Enfin, il n'y avait pas à hésiter : il fallait en passer par Barberin. C'est-à-dire qu'il fallait le chercher quelque part dans Paris, car Barberin n'était pas de ces gens qui ne font pas un pas sans en avertir leur femme. Depuis son départ, il n'avait pas écrit et avait envoyé une fois ou deux de ses nouvelles par un maçon qui rentrait au pays, c'est tout. Mère Barberin savait seulement qu'il devait loger dans un hôtel garni de la rue Mouffetard.

Tandis que le lait de notre vache chauffait pour le déjeuner, je fis part de ces réflexions à Mère Barberin.

« C'est sûr, dit-elle aussitôt, il faut aller tout de suite à Paris et retrouver tes parents ! »

C'était mon avis.

« Eh bien, en route pour Paris ! » m'écriai-je gaiement.

Mais Mattia ne montra aucune approbation à ce sujet, au contraire.

« Tu ne crois pas que je doive retrouver ma famille ? lui demandai-je étonné, explique au moins tes raisons !

– Eh bien, dit-il doucement, je trouve que tu ne dois pas oublier les anciens au profit des nouveaux. Jusqu'à présent, ta famille, c'étaient Lise, Étiennette, Alexis et Benjamin. Ils t'ont aimé, adopté, ils ont été des frères et des sœurs pour toi et maintenant que voilà une nouvelle famille qui n'a jamais fait autre chose que de t'abandonner dans la rue, tu abandonnes ceux qui ont été bons pour ceux qui ne l'ont pas été, ou tout au moins cela y ressemble beaucoup. Je ne trouve pas cela juste, voilà ! »

Je dois dire que je baissai le nez, ce que disait Mattia n'était pas faux ! Et de plus j'étais peiné que Mattia soit fâché contre moi.

« Écoute, dis-je, nous allons essayer de tout concilier. Nous n'irons pas voir Étiennette, ce serait vraiment un trop long détour. D'ailleurs, Étiennette sait lire et écrire et nous pouvons donc nous entendre par lettre. En revanche, avant d'aller à Paris, nous passerons par Dreuzy voir Lise et la tante Catherine. C'est surtout pour Lise que j'ai entrepris à l'origine ce long voyage. Et comme Lise ne sait pas écrire, nous dirons à Étiennette de lui écrire là-bas et ainsi nous aurons de ses nouvelles et nous lui en donnerons d'Alexis !

– Bon ! » dit Mattia en souriant.

Il fut convenu que nous partirions le lendemain, et j'écrivis une longue lettre à Étiennette.

Et le lendemain, après de nombreuses embrassades avec Mère Barberin, nous reprîmes le sac sur le dos et les souliers ferrés.

Je marchai d'un bon pas.

« Pas si vite ! me criait Mattia de temps à autre, comme tu es pressé !

– Ne l'es-tu pas, toi ? Nous allons retrouver ma famille et ma famille sera la tienne ! »

Il secouait la tête en silence.

« Est-ce que si nous allions à Lucques, je ne serais pas le frère de ta petite sœur Cristina ?

– Oh si, bien sûr, mais vois-tu ce n'est pas du tout la même chose, pas du tout !

– Comment cela ?

– C'est simple : tu es pauvre et ma famille aussi. Nous sommes à égalité. Mais si tu retrouves ta famille, elle sera probablement riche. Et que deviendrai-je, moi ? Comment veux-tu qu'on accueille un petit misérable comme moi, que l'on ne connaît absolument pas ? Toi, on t'enverra au collège, on te donnera des maîtres, et moi, je n'aurai qu'à continuer ma route, mais tout seul, cette fois !

– Mais, Mattia ! dis-je désolé, comment peux-tu imaginer une chose pareille ?

– Eh ! *caro mio* ! Je ne suis pas maître de mes pensées, je crois que j'ai raison, c'est tout. Et c'est pour cela que je suis moins joyeux que je ne devrais. Et puis, j'avais vraiment espéré que, toi et moi, nous deviendrions un jour de vrais musiciens, que nous jouerions ensemble devant un vrai public, dans des théâtres, et non plus sur des places de village ! »

J'essayais de lui expliquer combien selon moi, il se trompait, mais il secouait tristement la tête : « Enfin, dit-il finalement, quoi qu'il en soit, j'aimerais bien mieux que tes parents soient pauvres ! »

Si nous n'avions pas dû gagner notre vie en route, j'aurais continué à forcer le pas, mais il fallait jouer dans les gros villages qui se trouvaient sur notre route, et en attendant que ma riche famille partage ses richesses avec moi et mes amis, il fallait bien se contenter des petits sous que jetaient les villageois !

Il nous fallut donc plus de temps que je n'aurais voulu pour nous rendre de la Creuse dans la Nièvre, de Chavanon à Dreuzy, en passant par Montluçon et Moulins.

Et puis, nous avions une autre raison de faire des recettes aussi grosses que possible : j'avais décidé d'acheter une poupée pour Lise ! Et finalement, nous en eûmes assez pour acheter non seulement la poupée, mais aussi une magnifique dînette !

Heureusement que cela coûtait moins cher qu'une vache !

À partir de Châtillon, nous suivîmes le bord du canal, et je soupirai bien des fois en pensant à Arthur et à Mme Milligan. Où pouvait bien être *le Cygne* ? Arthur était sans doute guéri et retourné en Angleterre avec sa mère !

Nous étions en automne, et les jours raccourcissaient

rapidement. La nuit tombait de bonne heure, mais nous avions un guide sûr : le canal, qui nous menait directement à la maison de la tante Catherine puisque son mari était éclusier !

Mon cœur battit bien fort lorsque, par nuit noire, nous vîmes briller la lumière de ce qui devait être la maison où vivait Lise !

En approchant, nous vîmes par la fenêtre plusieurs personnes assises à une table. En face de moi, il y avait Lise, et à côté d'elle, je reconnus la tante Catherine ! L'homme qui me tournait le dos devait être son mari.

« On arrive juste pour dîner ! » dit Mattia.

Je lui fis signe de rester silencieux, et, posant ma harpe par terre, je commençai à jouer ma chanson napolitaine : *« Fenesta vascia et patrona crudele... »*

Aux premières notes, Lise leva les yeux vers la fenêtre avec un regard extraordinaire. Je me mis à chanter : alors elle sauta à bas de sa chaise et courut vers la porte.

Je n'eus pas le temps de poser ma harpe : Lise me sautait au cou.

On nous fit entrer dans la maison. La tante Catherine m'embrassa et se hâta d'ajouter deux couverts.

Mais alors, je la priai d'en rajouter un troisième : « Si vous voulez bien, nous avons une petite camarade avec nous ! »

Et, la tirant de mon sac, j'installai sur la chaise à côté de Lise, la grande poupée !

Le regard que Lise me jeta, je ne l'ai jamais oublié, et je le vois encore.

CHAPITRE XIX

À Paris

Je serais bien resté des jours et des jours auprès de Lise, nous avions tant de choses à nous dire par gestes! Elle semblait très heureuse avec la tante Catherine qui l'avait prise en réelle affection, ainsi que son mari l'éclusier.

De mon côté, j'avais à lui demander toutes sortes de choses, à commencer par des nouvelles de son père si elle en avait. Mais bien sûr, ce furent mes espérances et ma riche famille qui tinrent la plus grande place dans nos «conversations», et je lui répétai maintes et maintes fois combien nous serions tous heureux lorsque mes magnifiques parents auraient fait sortir le père Acquin de prison, doté Mattia de professeurs convenables, etc.

Je me souviens encore que les derniers mots que je lui dis furent : « Je viendrai te chercher dans une voiture à quatre chevaux ! » Et elle, les yeux brillants, acquiesça.

Je dis «les derniers mots», car malgré mon envie, il fallut bien repartir. Mattia et moi nous embrassâmes

Lise, la tante Catherine, son mari, Capi sauta aux genoux de tout le monde et nous nous remîmes en chemin, le sac sur le dos.

Si j'avais été seul, j'aurais fait le chemin de Dreuzy à Paris sans presque m'arrêter. À quoi bon se donner du mal, maintenant que ma famille me cherchait ? Ce n'était sûrement pas à moi de leur apporter de l'argent !

Mais Mattia ne se laissait pas toucher par mes raisons pleines d'optimisme.

« Gagnons toujours ce que nous pouvons gagner, me disait-il en me forçant à prendre ma harpe. Qui sait si nous trouverons Barberin tout de suite ?

– La rue Mouffetard n'est pas si longue ! répondais-je.

– Et s'il n'y habite plus ? S'il est retourné à Chavanon pendant ce temps ? As-tu oublié les carrières de Gentilly ? Pour moi je n'ai pas oublié le porche de Saint-Médard ! »

Bien sûr, Mattia avait raison, mais je dois dire que je ne chantais pas avec autant d'entrain et de conviction que lorsqu'il s'agissait d'acheter la vache de Mère Barberin ou la poupée de Lise !

« Eh bien ! me disait Mattia, ce que tu seras paresseux quand tu seras riche ! »

À partir de Corbeil, nous retrouvâmes en sens inverse la route que nous avions suivie au départ, et même la ferme où nous avions gagné notre premier argent commun. Les fermiers nous reconnurent, nous firent fête, nous offrirent à dîner et à coucher. Le mariage leur avait réussi, à ceux-là !

Le lendemain nous étions à Paris : il y avait juste six mois que nous l'avions quitté.

Mattia était de plus en plus mélancolique.

« Sais-tu, me dit-il brusquement, que cela ne me dit rien du tout d'aller rue Mouffetard ?

– Quoi ? fis-je au comble de l'étonnement.

– Eh ! Tu as peut-être oublié qu'à deux pas de la rue Mouffetard, il existe une certaine rue de Lourcine où réside un certain Garofoli ! Et je n'ai pas le moins du monde envie de redevenir son esclave ! »

Je n'avais pas pensé à cela.

« Préfères-tu ne pas entrer dans Paris ?

– N'exagérons rien, je crois simplement que j'aimerais mieux ne pas aller rue Mouffetard. Mon oncle était en prison quand nous avons quitté Paris, mais il est peut-être bien sorti depuis !

– Bon, dis-je. J'irai seul sur Mouffetard. Nous nous donnerons rendez-vous et nous nous retrouverons ce soir ! »

L'endroit convenu fut l'angle du pont de l'Archevêché. Nous nous séparâmes place d'Italie, émus comme si nous ne devions plus nous revoir. Capi et Mattia se dirigèrent vers le Jardin des Plantes tandis que je m'acheminai vers la rue Mouffetard.

J'avais écrit sur un papier les noms et les adresses où Barberin était susceptible d'être découvert ; précaution inutile, cependant, je les savais absolument par cœur : Pajot, Barrabaud et Chopinet.

Je trouvai Pajot en premier. J'entrai bravement dans une espèce de gargote qui occupait le rez-de-chaussée d'un misérable hôtel garni. Je demandai si l'on connaissait Barberin.

« Qui c'est encore, c'ui-là ? » me répondit-on d'une voix rude.

J'en fis tant bien que mal la description.

« Pas de ça ici ! Connais pas ! »

Je remerçiai et cherchai Barrabaud, que je trouvai sans difficulté. À la profession d'hôtelier, Barrabaud ajoutait la noble occupation de fruitier et marchand de légumes. J'attendis patiemment que le patron eût fini de servir une portion d'une sorte de pâtée verdâtre qu'il vendait sous le nom d'épinards, en la découpant avec une espèce de truelle, et je posai ma question.

« Barberin... Barberin... attends donc, dit Barrabaud, je crois bien qu'on a eu ça, dans le temps ! Oh, il y a bien quatre ans !

– Cinq ans ! opina sa femme, même qu'il est parti sans payer sa dernière semaine. Où donc qu'il est ce gredin-là ? »

Comme c'était exactement ce que je demandais, je quittai la maison Barrabaud fort désappointé.

Il n'y avait plus que Chopinet.

Chopinet était – ou se prétendait – restaurateur. Lorsque j'entrai, plusieurs hommes, ouvriers, artisans ou chiffonniers, dont il y avait alors bon nombre dans la rue Mouffetard, étaient attablés devant des assiettées de mixture nauséabonde.

« Ah oui ! Barberin ! me dit Chopinet, je connais bien ! Mais il n'est plus ici !

– Et où est-il ? demandai-je d'une voix étranglée par l'émotion.

– Ma foi, je n'en sais rien du tout ! Retourné dans son pays peut-être, ou je ne sais où, Paris est grand ! »

Je suppose que ma détresse dut se peindre sur mon visage, car l'un des hommes attablés m'interpella : « Qu'est-ce que tu lui veux, à Barberin ? »

Comme je ne pouvais expliquer mes raisons en détail, je dis que je lui apportais des nouvelles importantes de sa femme qui habitait Chavanon. « C'est elle qui m'a dit que je le trouverai ici, ajoutai-je.

– Tu n'as pas l'air de lui vouloir du mal, en tout cas, dit l'homme après m'avoir dévisagé. Aux dernières nouvelles, Barberin logeait à l'hôtel du Cantal, passage d'Austerlitz. Il n'y est peut-être plus, mais il y était il y a trois semaines. »

Je remerciai abondamment cet homme obligeant et sortis plein d'un nouvel espoir.

Mais avant de me rendre passage d'Austerlitz, je fis un détour par la rue de Lourcine pour avoir des nouvelles de Garofoli.

Je retrouvai facilement la maison : comme la première fois où j'étais venu avec Vitalis, le vieux chiffonnier accrochait ses guenilles à des clous plantés dans la façade. C'était stupéfiant ! On m'aurait dit qu'il n'avait pas bougé depuis deux ans et demi, je l'aurais cru volontiers !

« Pardon, lui dis-je, est-ce que M. Garofoli est revenu ? »

Il me regarda en clignant des yeux :

« Parlez plus fort, j'ai l'oreille un peu dure !

– Est-ce que Garofoli est toujours là-bas ? lui cornai-je aux oreilles, et pour bien lui faire comprendre que je savais de quoi je parlai, j'ajoutai : il doit rudement s'ennuyer !

– Le temps passe pour tout le monde ! répondit le chiffonnier avec un petit sourire.

– Peut-être pas aussi vite pour lui que pour nous ! »

Cette réponse eut le bonheur de plaire au sourd qui se mit à rire, opération qui s'acheva par une quinte de toux prolongée.

« Il reviendra dans trois mois ! finit-il par me dire. Voulez-vous laisser votre adresse ?

– Merci, dis-je, je repasserai, plutôt ! »

Mattia pouvait être tranquille ! Le terrible *padrone* ne le reprendrait pas de sitôt !

Je me dirigeai alors plein d'espoir vers le passage d'Austerlitz. J'étais même plein d'indulgence pour l'affreux Barberin, que je ne connaissais finalement guère et qui n'était peut-être pas aussi méchant que je croyais ! Sans lui, même, je serais très probablement mort de froid avenue de Breteuil ! Certes, c'était plus la cupidité qui l'avait poussé à me ramasser que son cœur, mais enfin, le résultat était le même !

J'entrai hardiment à l'hôtel du Cantal et je posai ma question ordinaire, le cœur battant.

« Barberin ? me répondit une vieille femme dont les mains et la tête tremblaient perpétuellement, ah oui, le pauvre Barberin, hélas ! »

Elle me regarda avec attention :

« Ce serait-il pas vous le garçon, des fois ?

– Quel garçon ? fis-je très inquiet.

– Celui qu'il cherchait, pardienne ! »

J'eus un éblouissement : cette femme parlait de Barberin au passé !

– Oh non ! fis-je, ne me dites pas que Barberin est...

– C'est défunt Barberin, qu'il faut dire ! Il est mort il y a huit jours à l'hôpital Saint-Antoine ! C'est vous le garçon, hein ?

– C'est moi, en effet, mais je vous en prie, Madame, que vous a-t-il dit ?

– Dame, mon petit gars, ou plutôt, faites excuse, mon jeune Monsieur ! Il m'a dit pas grand-chose, Barberin ! Il nous a raconté plus de cent fois comment il cherchait un enfant qu'il avait recueilli, pour le rendre à sa riche famille !

– Mais quelle famille ? Vous a-t-il donné son adresse ?

– Ah, pour ça, non ! Vous comprenez, il en faisait mystère, cet homme, il voulait la récompense pour lui tout seul, et c'était justice, s'pas ? »

J'étais atterré ! Ah ! mes beaux rêves ! Ah ! Mes espérances !

« Il n'a pas laissé de papiers ?

– Pour ça non, on n'a trouvé que l'adresse de sa femme, c'est comme cela qu'on a pu la prévenir !

– Mère Barberin est donc au courant ?

– Pardi ! »

Je remerciai et me dirigeai vers la porte comme dans un rêve.

« Et où vous allez, comme cela ? me dit la femme.

– Rejoindre mon ami.

– Ah bon ! Vous avez un ami ? Vous habitez chez lui, je gage ?

– Oh, non ! Nous sommes arrivés à Paris de ce matin !

– Parce que si vous n'avez pas à vous loger, il y a des chambres libres en ce moment. Dix sous par jour, ce n'est pas trop cher ! Et c'est un endroit tranquille ici, il n'y a pas de mauvaises fréquentations comme cela arrive trop souvent ! Pensez donc ! Deux jeunesses sur le pavé ! Un malheur est si vite arrivé !

– Je vous remercie, mais...

– Et puis, si jamais l'homme de loi dont parlait Barberin se demande ce qu'il est devenu, c'est ici qu'il s'adressera, hein ? »

Cette dernière réflexion me parut extrêmement judicieuse.

« C'est bon, nous reviendrons ce soir, mon ami et moi.

– Rentrez de bonne heure, Paris est mauvais, la nuit. »

J'allai retrouver Mattia, la mort dans l'âme.

À l'heure dite, il apparut au coin du pont de l'Archevêché.

« Alors ? me cria-t-il du plus loin qu'il m'aperçût.

– Barberin est mort ! » répondis-je.

Il courut vers moi : il était tout pâle et manifesta une peine et un découragement qui me firent chaud au cœur. Je lui expliquai ma journée, lui disant au passage qu'il ne risquait pas de rencontrer Garofoli, ce qui amena sur son visage un éclair de joie.

« Hourra, s'écria-t-il en sautant en l'air, encore trois mois ! »

Puis s'interrompant tout à coup :

« Regarde comme la vie est bizarre, nous sommes désespérés parce que tu ne retrouves pas ta famille, et nous sommes enchantés que j'aie perdu la mienne !

– Ce n'est pas tout à fait la même chose, lui fis-je remarquer avec douceur, Garofoli est ton oncle, mais un oncle comme cela ce n'est pas de la famille, outre qu'il n'est pas mort ; imagine un instant que tu aies perdu ta petite sœur Cristina, tu ne danserais sûrement pas ?

– C'est vrai », fit-il d'un ton contrit.

Je passai une triste nuit à l'hôtel du Cantal. Malgré les assurances de l'hôtelière, c'était un des plus affreux hôtels que j'avais vu jusqu'alors, et pourtant, j'en avais vu de bien modestes ! Comme nous étions loin, dans ce cabinet sous les toits, éclairé par une petite chandelle fumeuse, des magnifiques salons espérés !

Mais enfin, Mattia pensait comme moi que le mieux était de rester quelque temps à l'hôtel du Cantal. L'homme de loi finirait bien par se manifester. Et c'est sur cette pensée consolante que je m'endormis.

CHAPITRE XX

Recherches

Le lendemain, mon premier soin fut d'écrire une longue lettre à Mère Barberin pour lui expliquer la situation et la prier, au cas où on lui écrirait pour avoir des nouvelles de Barberin, de m'en avertir aussitôt et surtout de me transmettre l'adresse de l'expéditeur et son nom.

En attendant, je décidai d'aller à la prison de Clichy voir le père Acquin. Ce n'était pas, comme je l'avais si souvent espéré, pour payer sa dette et le faire sortir de prison, mais enfin j'avais à lui transmettre des nouvelles et des baisers de Lise et d'Alexis, et je ne pouvais que lui montrer que je ne l'oubliais pas en attendant mieux.

Mattia qui avait une envie folle de voir «une vraie prison» (il n'arrivait pas à considérer comme telle l'espèce de chambre grillagée, à moitié remplie d'oignons, où l'on nous avait enfermés lors de l'épisode de la vache échappée) voulut m'accompagner.

Nous n'eûmes pas de difficultés, cette fois, à voir le

père Acquin. De la porte du parloir, il me tendit les bras, en s'écriant: «Ah! le bon garçon!»

Je lui parlai de Lise, d'Alexis, d'Étiennette, dont j'avais trouvé la lettre à Dreuzy ; mais il m'interrompit au bout d'un moment :

«Et tes parents? dit-il, Barberin les a-t-il retrouvés?

– Vous savez donc?» fis-je étonné.

Il m'apprit alors qu'il avait eu la visite de Barberin, lequel l'avait retrouvé à la prison de Clichy grâce à Garofoli. On se souvient que Barberin avait l'adresse de Garofoli. Il était allé le voir en prison et celui-ci lui avait expliqué que j'avais été recueilli par un jardinier de la Glacière après la mort de Vitalis.

– Et il ne vous a rien dit d'autre?

– C'était un homme prudent, Barberin, il ne voulait pas voir la récompense tomber entre d'autres mains que les siennes! Mais ne t'inquiète pas, puisque tes parents ont bien su retrouver Barberin à Chavanon, et que Barberin a su découvrir Garofoli et moi-même dans deux prisons différentes, on te retrouvera bien à l'hôtel du Cantal! Tu devrais y rester!»

Ces paroles me firent plaisir. Je n'osai plus lui dire que mes riches parents le feraient sortir de prison, mais je fis ce que je pus pour lui donner du courage en lui parlant du moment où il serait de nouveau libre avec ses enfants autour de lui.

«Dieu t'entende, mon petit Rémi!»

«C'est très joli, tout cela, me dit Mattia quand nous sortîmes, mais en attendant il faut gagner notre vie. Reprenons la harpe et le violon. Ici, à Paris, je suis chez moi, je connais tous les bons endroits!»

Mattia avait raison, et il connaissait en effet si bien les bons endroits, places publiques, cours d'immeubles, terrasses de cafés, que nous avions le soir-même une

recette de quatorze francs. Le lendemain, nous fîmes onze francs : quel succès!

«Tu vas voir, me disait Mattia en riant, qu'à défaut de retrouver tes parents, nous allons devenir riches tout seuls! C'est cela qui serait beau!»

Au bout d'une semaine, l'hôtelière me dit qu'une lettre était arrivée pour moi dans la journée. C'était une lettre de Mère Barberin!

«Vite! Vite! s'écria Mattia en grimpant l'escalier, allons la lire.»

La lettre de Mère Barberin m'expliquait qu'elle avait été prévenue par l'hôpital de la mort de son homme et que, peu de temps auparavant, elle en avait reçu une lettre qu'elle m'envoyait. Cela pouvait m'être utile, car il y avait dedans des renseignements sur ma famille.

Mattia et moi nous lûmes le cœur battant la lettre de Barberin:

«Ma chère femme,

Je suis à l'hôpital, si malade que je ne me relèverai pas. Si j'en avais la force, je te dirais comment le mal m'est arrivé, mais cela ne servirait à rien, il faut aller au plus pressé. C'est donc pour te dire que, si je n'en réchappe pas, tu devras écrire à Greth and Galley, Green Square, Lincoln's Inn, à Londres. Ce sont les gens de loi chargés de retrouver Rémi. Tu leur diras que tu es la seule à pouvoir donner des nouvelles de l'enfant et tu auras grand soin de bien te faire payer ces nouvelles. Il faut que cet argent te fasse vivre heureuse dans ta vieillesse. Tu sauras ce que Rémi est devenu en écrivant à un certain Acquin, ancien jardinier, présentement détenu à la prison de Clichy, la prison pour dettes. Fais écrire toutes tes lettres par M. le curé, car dans cette affaire, il faut ne se fier à personne. N'entreprends rien avant de savoir si je suis mort.

Je t'embrasse une dernière fois.

Jérôme Barberin»

Mattia me regarda, les yeux brillants, et, se levant d'un bond, se mit à danser en criant:

«En avant pour Londres!

– Comment cela? fis-je stupéfait.

– Pardi! Si les hommes de loi chargés de te retrouver

sont anglais, cela veut dire que ta famille est anglaise! Cela t'ennuie?

– Eh bien, dis-je perplexe, je ne sais pas, j'aurais toujours pensé être français, comme Mère Barberin ou la famille Acquin...

– Oui, et moi j'aurais préféré que tu sois italien, mais en étant anglais tu es du même pays que Mme Milligan et qu'Arthur! Et puis il n'y a pas à discuter ni à écrire: il faut partir tout de suite, demain matin! Il nous reste quarante-trois francs, c'est plus qu'il n'en faut pour payer la traversée de Boulogne à Londres!

– Et comment sais-tu cela? Tu n'es jamais allé à Londres!

– Non, mais dans le cirque Gassot – tu sais bien, le cirque Gassot? – eh bien, il y avait deux clowns anglais très gentils. Ils m'ont appris pas mal d'anglais et m'ont beaucoup parlé de Londres. Je parle assez bien l'anglais, tu auras besoin de moi!

– Moi aussi, Vitalis m'a appris de l'anglais!

– Oui, il y a trois ans, et tu as dû en oublier beaucoup, alors que moi, je le sais encore, tu verras. Et puis, il y a autre chose : si je viens avec toi en Angleterre, tes parents n'auront peut-être pas le courage de me renvoyer, tandis que si je reste en France, crois-tu qu'ils m'appelleront ? Jamais de la vie!

– C'est bon! dis-je en me levant. En avant pour Londres!»

CHAPITRE XXI

Londres

Il nous fallut huit grands jours pour faire le trajet de Paris à Boulogne, car il fallut nous arrêter dans les villes principales et donner des représentations pour reconstituer notre capital. Mais à Boulogne, nous avions encore trente-deux francs, largement assez pour payer notre voyage.

La vue de la mer ne plut pas du tout à Mattia ; je lui avais pourtant souvent répété que la mer est la plus belle chose que l'on puisse voir dans le monde.

«Ce n'est pas du tout ce que tu disais. Peut-être que c'était bleu et ensoleillé, quand tu l'as vue à Sète ou ailleurs, la Méditerranée, quoi, mais ici, c'est une affreuse masse d'eau froide verdâtre, gris âcre, avec d'horribles vagues jaunes, et puis toutes ces algues cela sent très mauvais! Non, vraiment, cela ne me plaît pas!

– Mais, pourtant... fis-je étonné, car pour moi, je

trouvai que la Manche était bien aussi belle que la Méditerranée, peut-être même plus belle encore et je respirai à pleins poumons l'odeur d'iode.

– Évidemment, dit Mattia en haussant les épaules, toi tu es anglais, alors forcément tu aimes ce ciel gris et ces vagues vertes, mais moi, je suis italien! Enfin, n'importe, embarquons! »

Hélas, Mattia fut horriblement malade pendant le voyage tandis que je lui avais parlé du charme des voyages en bateau.

Il est vrai que je lui avais parlé des seuls bateaux que je connusse, du seul, même, *le Cygne* qui voguait doucement sur les canaux unis! Alors que notre petit paquebot à aubes dansait comme un bouchon sur la houle de la Manche!

Et comble de malheur, en un sens, je n'avais pas le mal de mer!

«Et tu n'as même pas mal au cœur, toi! me disait Mattia épuisé et à demi penché sur le bastingage, je comprends tout, les Anglais n'ont pas de cœur! Oh la la! Cela recommence!»

Le supplice du pauvre Mattia ne dura heureusement pas plus de quelques heures. À l'aube, nous remontions tranquillement la Tamise.

Cette nouvelle laissa Mattia complètement indifférent:

«Laisse-moi dormir enfin!» me dit-il d'une voix mourante.

Je l'arrangeai du mieux que je pus et, accoudé au bastingage, je regardai le spectacle. Que de navires! Que de mâts! Je n'aurais jamais supposé que l'on pût rassembler autant de navires au même endroit! Si Bordeaux m'avait surpris, j'avoue que le port de Londres m'émerveilla! Quel malheur que Mattia ne voie pas ce spectacle, ces rives bleuâtres, ces docks, ces entrepôts!

Malheureusement, le brouillard, un horrible brouillard jaune, se leva bientôt et me dissimula cet étonnant spectacle.

Enfin, nous débarquâmes : nous étions à Londres!

«Voilà le moment de te servir de ton anglais!» dis-je à Mattia.

Mattia, qui ne doutait jamais de rien, s'approcha sans façon d'un gros homme à barbe rousse et, le chapeau à la main, lui adressa la parole. Il me semblait que la conversation durait plus longtemps que nécessaire et même que le gros homme lui faisait répéter plusieurs fois les mêmes mots, mais au bout d'un moment, Mattia revint vers moi en me disant d'un air épanoui :

«Eh bien, voilà! C'est très facile! Il n'y a qu'à suivre la Tamise!

– Suivons la Tamise! » répondis-je avec un certain scepticisme.

Nous marchâmes longtemps à travers des rues boueuses, car à cette époque, il n'y avait pas de quais, et les maisons et les entrepôts arrivaient jusqu'au bord de l'eau. De temps en temps, Mattia demandait aux passants si nous étions sur la bonne route: tout allait bien, disait-il, il fallait aller jusqu'à une sorte de grande porte qui s'élevait au-dessus de la rue. Je pensais bien que Mattia s'était trompé et cette histoire de porte me semblait bien singulière.

Eh bien! À mon grand étonnement, Mattia avait parfaitement raison! La grande porte appelée Temple-Bar passée, il nous fallut tourner à droite puis à gauche, prendre des rues animées, puis de petites rues étroites, et enfin, nous débouchâmes sur... un petit cimetière, avec des tombes noires comme si on les avait passées au cirage. C'était cela Green Square! Un passant, ombre dans le brouillard, nous le confirma et nous finîmes par découvrir sur la porte d'une maison de briques, une plaque de cuivre qui portait les mots tant espérés : Greth and Galley !

Mattia étendait déjà la main pour tirer la sonnette quand il s'arrêta :

« Qu'as-tu donc ? me dit-il, tu es tout pâle !

– Attends une seconde, que je reprenne du courage. »

Nous sonnons finalement, nous entrons dans une espèce de bureau où je distingue vaguement des employés écrivant dans des registres à la lueur de becs de gaz allumés. En plein jour ! J'eus par la suite l'occasion de constater que c'est chose fréquente à Londres.

Mattia s'adresse à l'un de ces personnages ; le nom de Barberin fait son effet, on nous fait entrer dans une pièce pleine de livres et de papiers. Un homme est assis devant un bureau et un autre, en robe et en perruque, s'entretient avec lui, tenant à la main plusieurs sacs bleus. En quelques mots, l'employé explique ce que nous voulons à l'homme assis au bureau, qui nous adresse brusquement la parole en français, avec un fort accent :

« Lequel d'entre vous est l'enfant élevé par Barberin ?

– C'est moi, Monsieur.

– Barberin n'est pas avec vous ?

– Il est mort ! »

Les deux hommes se regardèrent un moment, puis celui qui portait une perruque quitta la pièce.

« Comment avez-vous su qu'il fallait venir me voir ? » demanda celui qui avait commencé à m'interroger.

Je racontai l'histoire le plus brièvement possible, mais il me pressait de questions, il fallut que je racontasse tout depuis le commencement, comment Barberin m'avait vendu à Vitalis, comment Acquin m'avait recueilli, bref toute mon existence jusqu'au moment présent.

«Et quel est ce garçon? fit-il en désignant Mattia du bout de sa plume.

– Mattia est mon ami, ou plutôt mon frère.

– Très bien, simple connaissance faite sur les grands-routes, n'est-ce pas?

– Vous voulez dire le meilleur des amis! Mon véritable frère, vous dis-je!

– Oh, je n'en doute pas!»

Et à ce moment, j'osai enfin poser la question qui me brûlait les lèvres:

«Ma famille habite-t-elle l'Angleterre, Monsieur?

– Certainement! Et même Londres, du moins en ce moment.

– Alors ... je vais la voir?

– Ce soir même, je vais vous y conduire dans un moment.

– Et j'ai ... j'ai un père?

– Un père, une mère, des frères, des sœurs! répondit-il en sonnant. Mais j'oubliai de vous dire que vous vous nommez Driscoll.»

Je n'aimais guère le visage de cet homme que je trouvais dur et, je ne sais pourquoi, rusé, mais s'il m'en avait laissé le temps, je lui aurais sauté au cou! Mais un homme entra dans la pièce, s'entretint avec l'homme de loi et nous fit signe de le suivre.

Il nous fit monter dans une sorte de fiacre dont le cocher, chose étrange, au lieu d'être devant pour guider les chevaux, se trouvait juché sur un siège tout à fait à l'arrière, au-dessus d'une sorte de capote qui protégeait les voyageurs. J'appris plus tard que ce singulier véhicule s'appelle un *cab*. Notre guide ne cessait de se frotter les mains et de humer le brouillard avec satisfaction, comme s'il avait été enfermé depuis des mois!

La discussion avec le cocher fut assez longue ; tantôt le clerc se haussait comme s'il avait voulu passer la tête à travers le guichet, tantôt le cocher semblait vouloir se précipiter sur nous! Il semblait ne pas connaître l'endroit où habitait ma famille, Bethnal Green! Ce mot me faisait bien augurer de l'endroit, car Green signifie «vert» en anglais. Il devait s'agir d'une maison dans un quartier plein de verdure. Cependant nous partîmes, et roulâmes longtemps à travers la brouillard. On se doute de l'émotion que je ressentais! J'écarquillais les yeux pour distinguer les monuments et les rues de cette ville nouvelle qui était *ma* ville! Ma patrie!

Nous roulâmes si longtemps que je commençai à me confirmer dans l'idée que mes parents habitaient la campagne, ou tout au moins une zone résidentielle à la périphérie de Londres. Mais au lieu d'arriver à la campagne, je constatai bientôt que nous roulions dans des rues de plus en plus étroites et que l'on entendait sans cesse des sifflets de locomotives. Je demandai à Mattia d'interroger le clerc et de savoir si nous étions encore loin. Mattia s'exécuta:

«Eh bien, me dit-il en me regardant d'un drôle d'air, il dit qu'il n'en sait rien et que c'est la première fois qu'il vient dans ce quartier de voleurs!

– Tu as mal compris!

– Je ne crois pas, non, il a parlé de *thieves*, je ne sais ce qu'il entend par là, mais en français, cela signifie *voleurs*!»

Bientôt, le *cab* s'arrêta ; le cocher ne voulait pas aller plus loin! Notre guide eut une vive discussion avec lui, puis finit par le payer et nous fit signe de le suivre en disant: «Psitt! Psitt!» comme si nous étions des chiens.

Renseignements pris dans une magnifique taverne rutilante, il nous fit passer à travers des ruelles sordides,

des arrière-cours, des passages voûtés, que sais-je, il semblait entièrement égaré. Finalement, il interrogea un policeman, qui s'offrit à nous accompagner. Au bout d'un moment, il s'arrêta devant une sorte de hangar en planches, bâti de guingois dans une cour boueuse et frappa à une porte : nous étions arrivés!

J'étais atterré : quoi? c'était là que demeurait ma riche famille? Mais alors?

Je n'eus pas le temps de me poser des questions ; je ne sais par qui nous fûmes accueillis, mais un instant plus tard, nous nous trouvions dans une vaste pièce qu'éclairaient une lampe à huile et un feu de charbon de terre brûlant dans une grille.

Devant ce feu, se tenait assis immobile dans un fauteuil d'osier, un vieillard à barbe blanche, avec un bonnet sur la tête. Assis l'un devant l'autre autour d'une table, un homme au visage intelligent, mais dur, qui pouvait avoir quarante ans, et une femme un peu plus jeune, aux cheveux blonds de lin, dont les yeux n'exprimaient que l'indifférence. Son visage avait dû être beau, mais elle semblait absolument apathique et comme amollie. Puis dans la pièce, se trouvaient encore quatre enfants, deux garçons et deux filles, tous blonds comme leur mère. La plus petite pouvait avoir trois ans et se roulait par terre.

Le clerc de Greth and Galley parla un moment à l'homme qui se tourna vers nous et demanda en assez bon français:

«Lequel de vous deux est Rémi?

– Moi, Monsieur!

– Alors embrasse-moi, mon garçon, je suis ton père!»

CHAPITRE XXII

La famille Driscoll

Tout étourdi, j'embrassai «mon père», puis ma mère qui était la femme blonde.

«Serre la main de ton grand-père, dit mon père, mais vas-y doucement, il est paralysé!»

Je serrai également la main de mes frères et sœurs, j'essayai de prendre la plus petite dans mes bras, mais elle me repoussa vivement ; elle était occupé à caresser Capi!

J'avais honte. Honte de n'éprouver aucun sentiment particulier pour ces gens-là, qui étaient ma famille tant espérée! J'en étais au désespoir! Comment une telle chose était-elle possible? Étais-je un monstre? Il est vrai qu'ils ne me faisaient pas tellement fête, eux non plus! J'essayai de réparer ce que je considérais comme une faute: je revins vers ma mère et je l'embrassai de nouveau sur les deux joues. Elle se laissa faire avec une sorte d'étonnement, sans me rendre mes baisers et dit à mon père quelques mots en anglais qui le firent rire. J'en eus le cœur serré.

«Et celui-là?» demanda mon père en montrant Mattia.

J'expliquai qui il était :

«Bon, dit mon père, il a voulu voir du pays, hein?

– Exactement», dit Mattia avant que j'aie pu répondre.

On me demanda pourquoi Barberin n'était pas venu et je racontai sa triste fin. Mon père traduisit cela à sa femme qui répondit par une phrase plus animée où revenait les mots de *well* et *good* : pourquoi donc était-il bon que Barberin fût mort?

«Je suppose que tu es curieux de savoir pourquoi nous ne t'avons retrouvé qu'au bout de treize ans? fit mon père en souriant.

– Très curieux, je l'avoue.

– Je vais te conter cela. Assieds-toi.»

Je voulus m'asseoir auprès du feu, mais mon grand-père, sans dire un mot, cracha à terre à mes pieds et je compris que je le gênais. Je retirai mes jambes sous ma chaise.

«Le vieux n'aime pas qu'on se mette auprès de son feu, mais fais comme s'il n'existait pas, ne te gêne pas avec lui. Tu es donc notre fils aîné. Lorsque j'ai épousé ta mère, il y avait une jeune fille que je connaissais et qui croyait que j'allais la prendre pour femme. Mon mariage la mit dans une telle fureur qu'elle attendit ta naissance et t'emporta un beau soir, pour se venger de sa rivale. Elle t'emmena en France où elle t'abandonna dans la rue. Tu penses bien que nous fîmes toutes les recherches possibles, mais nous ne pensâmes quand même pas que tu pouvais être à Paris. Nous te croyions mort ou perdu à jamais lorsque, il y a trois mois, cette femme, atteinte d'une maladie mortelle, révéla la vérité avant de mourir. Je suis aussitôt parti pour Paris et j'allai chez le commissaire de police du quartier où l'on t'avait abandonné. C'est ainsi que j'ai eu l'adresse de Barberin, qui m'a dit comment il t'avait loué à Vitalis, et comme je ne pouvais pas rester trop longtemps en France, je l'ai chargé de poursuivre les recherches. Le reste de l'histoire, tu le connais. Si je ne lui ai pas donné mon adresse ici, c'est que nous n'habitons pas Londres toute l'année ; à la belle saison, nous parcourons l'Angleterre et l'Ecosse pour notre commerce de marchands ambulants.»

Hélas! Les beaux langes avaient menti! Adieu, rêves fortunés! Adieu, les quatre chevaux avec lesquels je devais aller chercher Lise!

Peu après, nous nous mîmes à table: on nous servit d'épaisses tranches de rosbif, accompagnées de pommes de terre, et je dois dire que ce fut tout à fait bon. En revanche, bien que n'ayant pas été élevé selon des principes très stricts, on s'en doute, je fus ébahi de voir combien mes frères et sœurs mangeaient avec malpropreté, prenant la sauce avec leurs doigts!

Le dîner terminé, je pensai que nous allions passer la soirée au coin du feu, mais mon père nous dit d'aller nous coucher car il attendait des amis. Il prit une chandelle et nous conduisit dans une remise attenante à la pièce, où se trouvaient deux de ces grandes voitures qui servent aux marchands ambulants. Il ouvrit la porte et nous vîmes qu'il y avait à l'intérieur deux couchettes superposées.

«Voilà vos lits! nous dit-il, bonne nuit!»

Et laissant la chandelle à l'intérieur, il ferma sur nous la porte à clef.

Telle fut ma réception dans ma famille, la famille Driscoll!

Nous nous couchâmes, Mattia et moi, et nous nous dîmes bonsoir sans avoir envie de bavarder ni de nous raconter nos impressions. Le sommeil fut pourtant bien long à venir. J'entendais Mattia se tourner et se retourner sur sa couchette. Pour moi, je ne sais pourquoi, j'avais peur. Peur de quoi? J'étais en sécurité dans ma famille pour la première fois de ma vie!

Les heures passèrent. J'étais, je crois, sur le point de m'endormir lorsque des coups se firent entendre à intervalles réguliers à la porte de la remise qui donnait sur une autre rue que la porte par où nous étions entrés. Puis, après plusieurs appels, une lueur pénétra dans notre voiture. Très intrigué, je vis qu'elle provenait d'une petite fenêtre et j'y collai mon nez en écartant le rideau et en prenant garde de ne pas éveiller Mattia, car la moitié de la fenêtre se trouvait au niveau de sa couchette.

Mon père avait ouvert vivement la porte de la remise et la refermait aussitôt après le passage de deux hommes lourdement chargés de ballots. Il posa un doigt sur ses lèvres en désignant la voiture où nous étions couchés. Cette attention qu'il eut de ne pas troubler notre sommeil me toucha.

Mon père aida les hommes à décharger leurs ballots, sortit un moment et revint avec ma mère. Pendant ce temps, les deux hommes avaient ouvert les ballots qui contenaient des pièces d'étoffes, des bas, des mouchoirs, des caleçons, etc. Je compris alors qui étaient ces gens ; c'étaient des marchands qui venaient vendre leurs marchandises à mes parents. Mon père prenait chaque objet, l'examinait à la lueur d'une lanterne, puis le passait à ma mère qui en coupait les étiquettes avec des ciseaux. Cela me parut bizarre, de même que l'heure choisie pour cette vente. Je ne comprenais pas un mot de la conversation qu'ils avaient en anglais, sauf qu'ils répétèrent plusieurs fois le mot «bob».

Peu après, les marchands sortirent avec mes parents, sans doute pour régler leurs affaires, et un moment plus tard, mon père et ma mère revinrent seuls. Mon père, se mit à balayer un angle de la remise, et à ma grande surprise, découvrit un panneau de bois qu'il souleva: c'était une trappe! Et par cette trappe, il descendit les ballots tandis que ma mère l'éclairait. Cela fait, ils refermèrent la trappe, remirent le sable en place, et y semèrent des brins de paille: on aurait juré que le sol était parfaitement naturel!

J'avais compris! La crainte que j'avais éprouvé en me couchant était peu de chose auprès de ce que j'éprouvais maintenant! Je finis pourtant par m'endormir.

Un de mes frères me réveilla le lendemain en venant ouvrir notre porte.

Mon père et ma mère étaient absents. Je me dirigeai vers mes frères et mes sœurs pour leur dire bonjour, ils ne me répondirent à peu près pas. Mon grand-père cracha vers moi. Je priai cependant Mattia de lui demander à quelle heure nous verrions mes parents. En entendant parler anglais, le vieux paralytique sembla se radoucir un peu et fit une réponse que Mattia me traduisit d'un air embarrassé:

«Il a dit que ton père est sorti toute la journée, que ta mère dort et que nous pouvons aller nous promener. Le reste, je crois que je n'ai pas bien compris.

– Dis ce que tu as compris, au moins!

– Eh bien ... que si nous trouvions une bonne occasion, il fallait en profiter! Et il a ajouté, cela j'en suis sûr: «Retiens ma leçon, il faut profiter des imbéciles!»

– Sortons!» dis-je à Mattia.

Cependant ma mère avait quitté sa chambre et, assise sur une chaise, elle était à demi couchée sur la table, sans bouger.

Je crus qu'elle était malade et je me précipitai: elle dormait seulement et son haleine sentait l'alcool !

« Hé Hé ! fit le grand-père assis près du coin du feu en clignant de l'œil, gin ! gin ! »

Cette fois, je me dirigeai vers la porte.

Nous nous assîmes sur un banc, dans un parc, très soulagés de trouver un peu d'air pur après toutes ces ruelles infectes.

Je commençai par avoir une crise de sanglots. Mattia me consola de son mieux.

« Mattia, lui dis-je, tu dois partir immédiatement et retourner en France.

– Je ne t'abandonnerai pas ici, Rémi, répondit-il sans me regarder. Tu dois retourner en France avec moi.

– Mais c'est impossible, lui dis-je. Je ne puis abandonner mes parents, maintenant que je les ai trouvés.

– Es-tu vraiment sûr que ce soient tes parents ? me demanda-t-il en relevant la tête. Je ne les imaginais pas ainsi ! »

Je baissai les yeux :

« Cela m'a l'air tout à fait certain. Tu me demandes cela parce que... Tu ne dormais pas, cette nuit, c'est cela ?

– Non, je ne dormais pas, j'ai tout vu.

– Et qu'as-tu compris ?

– La même chose que toi, je pense. Ces marchandises n'ont pas été achetées, elles ont été volées. Et comme les voleurs étaient surveillés par la police – c'est cela que voulait dire le mot *bob*, policier en argot anglais – ils sont entrés par derrière. Mais ce n'est pas seulement pour cela que je pense que ces gens ne sont pas ta vraie famille. Toute la maisonnée, surtout ta mère, tes frères et tes sœurs ont les cheveux couleur de filasse. As-tu les cheveux filasse, à ton avis ?

– Pas vraiment, avouai-je en haussant la tête, je suis plutôt châtain, mais cela ne veut rien dire. Mon devoir

est de rester auprès de mes parents quels qu'ils soient.

– C'est bien, alors je reste ici. Quand nous sommes venus, je me disais que, après un temps passé dans ta riche famille, tu n'aurais plus besoin de moi et que je retournerais à Lucques, embrasser ma petite sœur Cristina. Mais maintenant tu as tout à fait besoin de moi, je reste! Cependant, même si tu es certain qu'il s'agit bien de ta famille, tu ne risques rien à vérifier certaines choses. Par exemple, il est bien étonnant que des gens aussi pauvres que tes parents aient pu t'envelopper à la naissance dans ces langes magnifiques dont parlait Mère Barberin.

– S'ils sont marchands de vêtements, cela leur coûtait moins qu'à d'autres! Peut-être même...

– Rien du tout, n'est-ce pas ? Tu devrais cependant écrire à Mère Barberin pour lui demander la description exacte de ces magnifiques vêtements. Tes parents doivent la connaître par cœur, si ce sont bien tes parents! Fais au moins cela! En attendant, je reste avec toi et nous travaillerons ensemble.»

Bon et cher Mattia!

Mon père nous envoya travailler dès le lendemain. Il était enchanté de nos talents, et plus encore de ceux de Capi.

«Un chien comme cela, ça vaut de l'or!» déclara-t-il d'un air admiratif, tandis que le grand-père, dans son fauteuil d'osier, clignait de l'œil en répétant «Fine dog! Fine dog!»: un bon chien, un bon chien!

Hélas, mon père décida de nous séparer: Mattia et moi, nous irions jouer de nos instruments dans les rues de Londres tandis que Allan et Ned, mes frères, iraient faire travailler Capi de leur côté. Rien ne put le faire revenir de sa décision. Je vis bientôt à quoi on employait Capi: trois semaines plus tard environ, Allan et Ned durent rester à la maison et Capi vint avec nous. Hélas! Il disparut quelques minutes et je commençais à m'inquiéter de cette disparition lorsque nous le vîmes émerger du brouillard au galop et nous présenter, tout frétillant... deux paires de bas tout neufs portant encore leurs étiquettes ! On avait dressé Capi à voler !

Nous pûmes heureusement nous éloigner dans le brouillard sans être inquiétés, mais nous rentrâmes directement à la maison, et là, pour la première fois, j'eus une discussion avec mon père.

«On a appris à Capi comment voler, déclarai-je. J'espère que cela a été pour jouer?»

Je tremblais en disant cela, mais je me sentais en même temps parfaitement résolu.

«Et si cela n'était pas un jeu, dit mon père, que ferais-tu?

– J'attacherais une corde au cou de Capi, et bien que

je l'aime beaucoup, vous le savez, j'irais le jeter dans la Tamise. Je ne veux pas que Capi soit un voleur. Et si je pensais que cela dût m'arriver un jour à moi-même, j'irais me jeter dans la Tamise avec lui à l'instant même!»

Mon père eut un éclair de colère dans les yeux, mais il me répondit d'un air bonhomme:

«Tu as eu raison de croire que c'était un jeu. Pour que cela ne se reproduise plus, Capi ne sortira plus qu'avec vous!»

C'est ainsi que se passèrent plusieurs mois. Je n'en rapporterai que quelques faits. Mes frères et mes sœurs me détestaient, c'était visible. Ma mère n'éprouvait pour moi qu'indifférence. Il n'y avait que la petite Kate, ma plus jeune sœur, qui me témoignait quelque amitié, car je lui faisais cadeau des bonbons et des oranges que les enfants nous donnaient «pour le chien»! Des oranges à un chien! Quelle drôle d'idée! Je les donnais au retour à Miss Kate, dont j'achetais ainsi les bonnes grâces.

La lettre que j'écrivis à Mère Barberin n'eut pas l'effet escompté. Mère Barberin décrivit bien, très exactement, les beaux langes que j'avais portés, mais lorsque j'interrogeai mon père à ce sujet, il me répondit, sans d'ailleurs s'étonner de ma question, par une description tout aussi exacte. De plus, il me montra mon portrait de naissance en bonne et due forme! Il n'y avait plus de doute, j'étais bien son fils. Cela contraria vivement Mattia.

Un dimanche, au lieu de me laisser aller me promener (car le dimanche on ne fait pas de musique, en Angleterre), mon père me retint à la maison. Et il vint un visiteur qui ne ressemblait guère aux amis que mon père recevait habituellement.

C'était un monsieur bien vêtu, ce qu'on appelle en Angleterre un *gentleman*. Il avait une physionomie hautaine avec quelque chose de fatigué, et un sourire qui me frappa, parce que je vis que ses dents étaient toutes pointues, comme celles d'un chien. Il parla un moment à mon père tout en jetant de fréquents regards sur moi, puis m'adressa la parole en excellent français et presque sans accent:

« Vous vous portez bien, mon garçon?

– Oui, Monsieur!

– Vous n'avez jamais été malade?

– J'ai eu une fluxion de poitrine, il y a trois ans, après une nuit passée dans la neige.

– Et depuis, vous ne vous êtes pas ressenti de cette maladie? Pas de fatigues, de lassitudes, de sueurs froides au cours de la nuit ?

– Jamais, Monsieur. Je suis quelquefois fatigué lorsque j'ai beaucoup marché, mais j'en ai l'habitude.»

Le gentleman s'approcha alors de moi, me prit le pouls, appuya son oreille contre mon dos, puis ma poitrine, me fit tousser, etc. Que voulait donc ce monsieur? Je pensai d'abord qu'il s'agissait d'un médecin qui visitait les familles pauvres par esprit de charité, puis je pensai qu'il cherchait un domestique et cette idée m'ennuya beaucoup, car alors, j'aurais été éloigné de Mattia et de Capi. Et puis ce gentleman était bien déplaisant! Au bout d'un moment, il sortit avec mon père.

J'attendis, puis je m'ennuyai. Il pleuvait à torrents et je rentrai dans la voiture qui nous servait de chambre. À mon grand étonnement, Mattia y était blotti. Il mit un doigt sur ses lèvres et me dit à voix basse:

« Va ouvrir la porte de la remise, je sortirai doucement derrière toi, il faut que personne ne sache que j'étais là!»

J'obéis sans comprendre. Quand nous fûmes au milieu de la rue, Mattia me dit:

«Sais-tu qui était ce monsieur qui parlait avec ton

père? M. James Milligan! L'oncle de ton ami Arthur!»

J'étais abasourdi!

«Comme je n'avais pas envie de me promener, poursuivit Mattia, j'étais resté dans ma couchette. Tout à coup, ton père est rentré dans la remise avec un monsieur et j'ai entendu leur conversation sans le faire exprès: «Solide comme un roc! a dit le monsieur, n'importe qui serait mort, il s'en tire avec une fluxion, ce n'est pas de chance!» Cette phrase m'intrigua, tu comprends, et j'écoutai de mon mieux. «Et votre neveu, dit Master Driscoll, (Mattia ne pouvait se résoudre à l'appeler «mon père») votre neveu, comment va-t-il, lui? – Mieux, il en réchappera encore une fois! Ah, c'est une bonne mère, que Mme Milligan! – Vos précautions sont inutiles, alors? a demandé Master Driscoll.– Pour le moment, oui, mais Arthur finira bien par y rester un de ces jours. Les miracles se font rares, à notre époque. Au jour de sa mort, je compte sur vous pour qu'aucun héritier ne puisse se présenter à l'exception de James Milligan, c'est-à-dire de moi-même! – Comptez sur moi! a dit Master Driscoll, nous verrons alors ce que nous ferons.»

Ma première idée, à ce récit de Mattia, fut de rentrer en courant demander à mon père l'adresse de M. Milligan pour avoir des nouvelles d'Arthur et de sa mère, mais Mattia avec sa finesse ordinaire me fit remarquer que ce n'était certainement pas à un homme qui attendait avec autant d'impatience la mort de son neveu pour hériter qu'il convenait de poser pareille question.

Mais de ce jour, nous ne fîmes plus que parler d'Arthur et de Mme Milligan. Comment les retrouver? Mattia me pressait de retourner en France où, selon lui, se trouvait *le Cygne*, afin de prévenir Mme Milligan des complots tramés contre son fils.

« Si tu ne le fais pas pour toi, me répétait-il, fais-le au moins pour eux ! »

Je lui objectai qu'on ne pouvait chercher *le Cygne* sur les rivières de France et qu'au reste, l'Angleterre aussi possède des fleuves et des canaux !

« J'aimerais pourtant que tu retrouves au plus vite Mme Milligan, dit Mattia.

– Et pourquoi donc ?

– Oh ! pour rien, une idée qui m'est venue. Elle est sans doute stupide, mais je voudrais en avoir le cœur net ! Rien ne me fera jamais croire que tu es un Driscoll ! Si tu es leur fils alors moi, je suis canard ! »

Le seul épisode réellement agréable de cet hiver londonien, ce fut lorsque Mattia retrouva un de ses amis.

Il faut savoir que, dans nos tournées dans les rues nous avions deux sortes de concurrents sérieux : les Écossais et les *Nigger-Melodits*. Les premiers, avec leurs jambes nues, leur bonnet orné de plumes, leur *kilt* plissé et leur *plaid* en bandoulière, jouaient de la cornemuse ou *bag-pipe* : avec son cornet à pistons, Mattia eût sans difficulté couvert le son aigre du *bag-pipe*, seulement nous ne nous sentions pas de taille à affronter les larges épaules du *piper* ! Quant aux *Nigger-Melodits*, il s'agit de musiciens qui imitent le charivari endiablé des nègres américains connu sous le nom de *jazz* : ils se noircissent le visage, s'habillent de façon grotesque avec des costumes invraisemblables et d'immenses cols de papier blancs et font un bruit assourdissant avec leurs banjos et autres instruments barbares. Avec ceux-là nous n'avions aucune chance, il n'y avait qu'à attendre qu'ils aient fini ! C'est ainsi qu'un jour, nous écoutions patiemment l'un de ces groupes quand un des *Nigger-Melodits* se mit à faire de grands signes d'amitié à Mattia. À ma grande surprise, Mattia y répondit !

«Tu le connais donc? demandais-je.

– Certainement, c'est Bob! Tu sais bien, Bob, le clown du cirque Gassot, celui qui m'a appris l'anglais! Je ne l'avais pas reconnu tout d'abord parce que, au cirque, il se passait la figure dans la farine, alors qu'ici, il se la passe au cirage!»

Le concert terminé, Bob s'approcha de Mattia et je vis alors combien mon camarade savait se faire aimer! On aurait dit les retrouvailles entre deux frères d'âges différents!

Nous le revîmes plusieurs fois. La difficulté des temps l'avait contraint à se faire musicien ambulant, au lieu de clown. Nous lui racontâmes nos aventures, et il nous donna de bons conseils, mais il versa, en quelque sorte, de l'eau froide sur nos rêves, en nous expliquant que le nom de Milligan était assez répandu en Grande-Bretagne, et qu'il pouvait bien exister plusieurs James Milligan possédant un neveu nommé Arthur! Que faisait-il? Où habitait-il? Il aurait fallu commencer par cela pour tirer quelques conclusions valides!

Nous nous vîmes de temps à autre, jusqu'au moment de Noël où nous passâmes nos soirées à jouer dans les rues, car à cette époque, il existe ce que l'on appelle les «veillées»: on joue dans les rues tard le soir en criant «joyeux Noël». Les gens donnent ou ne donnent pas, mais de toute façon il n'est guère agréable de jouer dans la rue, la nuit, en décembre. Ce fut une période cruelle, même si nous rapportions de bonnes recettes.

Le temps vint, cependant, où ma famille quittait Londres pour parcourir l'Angleterre en vendant des articles de bonneterie. Mattia me proposait de m'enfuir à cette occasion, je refusais toujours avec indignation, mais finalement, comme on va le voir, le hasard fit ce que je ne voulais pas faire.

Les voitures repeintes, des chevaux trouvés ou achetés dans des circonstances inconnues, les ballots de l'hiver sortis de la cave et entassés dans les voitures, nous quittâmes Londres, au grand complet, c'est-à-dire ma famille, avec le grand-père, les parents, les frères, les sœurs, Mattia, Capi et moi.

Quelques semaines passèrent, à la vérité assez agréables, car l'Angleterre n'est pas tout entière comme Londres; c'est au contraire un pays verdoyant, extrêmement pittoresque, et bien cultivé.

Au bout de trois semaines, nous arrivâmes dans un gros bourg où devait avoir lieu une grande course de chevaux très réputée dans la région. Cette course attirait beaucoup de monde et il y avait une sorte de foire ambulante à cette occasion.

Comme nous étions arrivés de bonne heure, nous eûmes vite terminé notre installation et en attendant le dîner, nous allâmes nous promener dans la foire, Mattia et moi. Nous fûmes enchantés de reconnaître après quelques dizaines de mètres, s'affairant autour d'une marmite... notre ami Bob! Il était venu lui aussi pour donner des représentations de tours de force avec deux de ses camarades; malheureusement les musiciens sur lesquels ils comptait pour accompagner leurs exploits s'étaient trouvés empêchés et ils étaient forts tristes : la recette escomptée allait être exécrable. Ils nous proposèrent immédiatement de nous associer pour le temps des courses et de partager les recettes équitablement; il y aurait même une part pour Capi. Nous acceptâmes immédiatement, mais mon père, à notre retour, me déclara que Capi ne pourrait venir avec nous : il devait rester pour garder les voitures : « Il a l'ouïe fine, me dit mon père, et il sait reconnaître les gens de mauvaise mine. Je serais bien plus tranquille avec lui, et je ne craindrai pas que quelqu'un s'introduise en cachette dans la roulotte tandis que nous serons occupés à vendre!»

C'était tout à fait logique, et d'ailleurs, notre ami Bob n'avait guère besoin de Capi.

«Vous jouerez sans doute assez tard avec vos amis, poursuivit mon père, et comme je compte partir dès la nuit tombée demain soir, vous nous rejoindrez à l'auberge du *Gros Chêne*, où nous étions hier.»

C'était un endroit assez sinistre, au milieu d'une lande isolée, à quelques kilomètres du bourg.

Le lendemain matin, je promenai Capi, je le fis boire, je lui donnai à manger et je l'attachai moi-même à la roue d'une des voitures. Puis nous prîmes nos instruments et nous allâmes rejoindre Bob et ses amis.

Ce fut une journée épuisante. Il nous fallut jouer plus de douze heures d'affilée. Lorsque le soir tomba, les doigts me cuisaient comme s'ils avaient été piqués par une pelote d'épingles et le cornet de Mattia ne faisait plus entendre que de vagues sons mugissants. Pour moi, je faisais encore un certain tintamarre avec ma harpe, mais je ne savais plus très bien ce que je jouais. Quant à Bob et ses camarades, qui se dépensaient infiniment plus que nous, ils commençaient à manquer un tour sur deux. Cependant, comme le public avait bu force bière et force gin, cela allait toujours. Vingt fois, Bob avait annoncé «la dernière représentation», vingt fois nous avions recommencé. Vers minuit, Bob manqua complètement son mouvement et la longue perche dont il se servait vint s'abattre sur le pied de Mattia qui poussa un cri de douleur. Cela mit fin à la journée. Mattia n'était pas assez blessé pour que l'on dût s'inquiéter, mais suffisamment pour ne pouvoir marcher ce soir-là. Il fut décidé qu'il resterait coucher dans la voiture de Bob et que j'irais à l'auberge du Gros Chêne prévenir ma famille et demander où nous devions les rejoindre le lendemain.

Malgré ma fatigue, je fis rapidement les quelques kilomètres qui nous séparaient de l'auberge, mais j'eus beau chercher nos voitures, je ne les vis pas. Je frappai à la porte de l'auberge qui était encore éclairée malgré l'heure tardive. L'aubergiste à mauvaise mine m'ouvrit et me reconnut aussitôt, mais il ne me laissa pas entrer: «Vos voitures sont parties, me dit-il, votre père a recommandé que vous le rejoigniez à Lewes sans perdre de temps. Bon voyage!»

Et il me ferma la porte au nez.

Je savais alors assez d'anglais pour comprendre cette phrase, excepté le mot le plus important, Lewes, qui se prononce, *Louisse*, et, eussé-je possédé une carte, je n'aurais sans doute pas fait le rapprochement entre l'orthographe du mot et sa prononciation. De surcroît, je ne pouvais abandonner Mattia. Je revins donc au champ de course, clopin-clopant ; et je m'endormis sur une botte de paille.

Le lendemain matin, en me réveillant, je vis Bob qui allumait le feu, à genoux devant la marmite et soufflant de toutes ses forces. Mais mon attention fut surtout attirée par un agent de police, un *policeman,* lequel promenait en laisse un chien en qui je reconnus Capi! Je crus m'être trompé, mais le chien, échappant à la main du policier, accourut vers moi et me fit fête! C'était bien Capi! Je le pris dans mes bras et commençai à le caresser, lorsque l'agent de police, qui avait suivi Capi, me mit rudement la main au collet en criant:

«Ce chien est à vous?

– Oui, dis-je, mais ...

– Au nom de la loi, je vous arrête!»

CHAPITRE XXIII

Évasion

Je restai stupéfié. Bob accourut:

«Pourquoi arrêtez-vous ce garçon? demanda-t-il.

– Êtes-vous son frère ou son parent?

– Non, son ami! Et je suis citoyen anglais!

– Un homme et un enfant ont pénétré cette nuit dans l'église Saint-George par une fenêtre avec une échelle. Ils avaient avec eux ce chien pour donner l'alarme. Un passant attardé a vu de la lumière dans l'église, a prévenu le bedeau qui est arrivé aussitôt. Les deux voleurs se sont enfuis, mais le chien est resté dans l'église ; j'étais bien sûr qu'il reconnaîtrait ses maîtres: et c'est ce qui est arrivé. J'en tiens un, ce jeune homme! Grâce à lui, je trouverai bien son complice!»

J'étais anéanti! Et pourtant, je comprenais bien que l'agent devait avoir raison. Pour moi, je n'étais pas coupable, évidemment. J'expliquai à l'agent, avec le concours de Mattia accouru, que j'avais joué jusqu'à une heure du matin, que j'étais ensuite allé à l'auberge du Gros Chêne, comme l'hôte pourrait en témoigner, puis que j'étais revenu me coucher: je ne pouvais donc être coupable!

«Le juge en décidera! déclara-t-il en réponse. Le vol a été commis à une heure et quart: et vous aviez donc parfaitement le temps d'y participer. En courant, on peut très bien cambrioler l'église et faire l'aller et retour jusqu'au Gros Chêne!»

Je dus le suivre au commissariat. Ma seule consolation fut que les curieux qui me regardaient partir, au lieu de me huer comme lors de l'histoire de la vache, avaient l'air mécontent et fronçaient les sourcils. En effet, toute cette population de marchands forains et d'artistes ambulants est toujours plus ou moins en guerre avec la police.

«Courage! me souffla Mattia au passage, nous allons nous occuper de toi!»

Brave Mattia! Que pouvait-il faire?

Et cette fois, ce fut dans une vraie prison, que l'on m'enferma! Avec d'énormes barreaux! Et il n'y avait pas d'oignons qui séchaient dans un coin!

Je passai une nuit horrible, me demandant combien de temps je devrais rester derrière les barreaux avant qu'on m'interrogeât. J'ignorais en effet qu'en Angleterre, on n'a pas le droit d'emprisonner quelqu'un sans l'interroger dans les quarante-huit heures.

Je préfère ne pas raconter l'audience du tribunal où je comparus le surlendemain. Je répondis de mon mieux aux questions du juge, je vis vaguement que Mattia, Bob et ses amis déposaient comme témoins à décharge, qu'un gros homme à nez rouge – le bedeau – déposait contre moi, que mon avocat – d'où sortait-il? Qui m'avait trouvé un avocat? Bob? Mattia? – prouvait que le bedeau avait l'habitude de boire, puis, dans un éblouissement, j'entendis la sentence: on allait me ramener en prison en attendant que le grand jury décide si je passerais oui ou non en Assises! En Assises!

Ramené dans ma cellule, je ne pouvais que me répéter ce mot! Pourquoi ne m'avait-on pas acquitté? Sans doute en attendant l'arrestation de mes prétendus complices, auprès de qui je comparaîtrais au banc des accusés!

Un peu avant la nuit je dressai l'oreille: le son d'un cornet à pistons se faisait entendre au-dehors: il n'y avait pas à se tromper sur la façon de jouer, c'était Mattia. Malheureusement, un grand mur nous séparait! Cependant, j'entendis une voix claire crier en français: «Demain matin au petit jour!» Puis le son du cornet reprit de plus belle. Je me demandai ce que voulait dire Mattia, mais pour être sûr d'être éveillé à ce moment-là, je me couchai aussitôt.

Quand je m'éveillai, il faisait encore nuit noire. Les coqs chantaient au loin. J'ouvris doucement ma fenêtre, et j'attendis. Les étoiles pâlirent et je crus entendre un bruit de l'autre côté du mur. J'écarquillai les yeux et je vis s'élever une tête au-dessus du mur! C'était Bob. Il me fit un petit signe de tête, puis porta à ses lèvres une sorte de tube, prit une bonne respiration et souffla dans le tube. Cela fit: Pfuitt! et quelque chose de rond tomba dans ma chambre! Bob m'avait envoyé un message avec une sarbacane !

Vivement, je refermai la fenêtre, me jetai sur mon lit et dépliai le papier fin, roulé autour d'un grain de plomb: «Tu seras transféré demain à la prison du comté. Tu seras en chemin de fer avec un policeman. Mets-toi près de la portière. Au bout de quarante-cinq minutes, le train ralentira dans une courbe. Ouvre la portière et jette-toi dehors. Mets les mains en avant et tombe sur tes pieds.

Nous serons là avec une voiture et un cheval. Dans deux jours nous serons en France.»

Ah! le brave Mattia! le brave Bob! Je relus plusieurs fois le message avant de le mâcher et de l'avaler. J'étais fou de joie. Sauf un pincement au cœur pour Capi.

Le lendemain, je fus en effet transféré à la prison du comté par un policeman qui, à ma grande satisfaction, avait plus de cinquante ans et ne paraissait pas très souple.

Nous montâmes dans le train. Nous étions seuls dans le compartiment, comme lorsqu'on transfère un prisonnier.

«Vous parlez anglais? me demanda-t-il lorsque le train est parti.

– Un peu.

– Eh bien, mon garçon, me dit-il en articulant les mots, je vais vous donner un conseil: ne faites pas le malin avec la justice, avouez. Cela vous vaudra la bienveillance de tout le monde.»

Je ne répondis rien.

«Vous réfléchirez, continua-t-il, mais pensez qu'il ne faut pas dire les choses au premier venu. Si vous voulez parler, parlez à quelqu'un qui s'intéresse à vous, moi, par exemple. Vous n'aurez qu'à demander Dolphin. Retenez bien ce nom.»

Je répondis par un signe de tête et demandai la permission de regarder le paysage par la fenêtre ouverte. Comme il voulait «se concilier mes bonnes grâces», il y consentit aimablement. Mais comme l'air froid du dehors le gênait, il se retira dans l'autre angle du compartiment. J'en profitai pour laisser pendre négligemment ma main au-dehors et ouvrir tout doucement la portière tout en la retenant. Je comptai mentalement les minutes. Au bout d'un moment assez long, je lui demandai l'heure. Nous roulions depuis quarante minutes. Les secondes s'écoulèrent, la machine siffla et ralentit. C'était le moment: vivement, je poussai la portière et sans hésiter je me jetai au-dehors en sautant aussi loin que je pouvais, les yeux fermés.

Jc nc sais pas cc qui sc passa ensuite. Je me réveillai dans une charrette conduite par un vieux paysan. Un grand vilain chien jaune me léchait la main.

« Ouf ! fit une voix à côté de moi, nous t'avons cru mort ! »

Je regardai dans la direction d'où venait la voix et, de sous une bâche, je vis briller les yeux bruns de Mattia.

« Alors ? dit le paysan en se retournant sur son siège, comment cela va-t-il ? »

Je reconnus Bob, admirablement grimé ! On voyait bien que c'était un clown professionnel !

Le choc, m'expliqua-t-on, avait été très violent et je m'étais évanoui. Mais je n'avais rien de cassé.

« Et Capi ? demandai-je. »

– Quoi, Capi ? Il te lèche la main depuis une demi-heure ! »

Je sautai au cou de l'affreux chien ! On l'avait teint en jaune !

« Maintenant cachez-vous tous les deux sous cette bâche, dit Bob, je vais transformer la voiture, au cas où l'on nous aurait vus. »

Il enleva les arceaux qui soutenaient la capote : un instant plus tard, le chariot bâché contenant trois personnes n'était plus qu'une simple charrette conduite par un homme seul !

« Et ton pied ? demandai-je à Mattia.

– Cela me fait encore mal, mais cela ira. »

À la nuit, Bob arrêta le cheval pour le laisser souffler et lui donner à manger. J'en profitai pour remercier Bob avec effusion.

« Allons donc, me dit-il en me serrant la main, chacun à son tour. Vous m'avez donné un fameux coup de main aux courses, je vous tire d'affaire à mon tour, rien de plus naturel. Mais au fait, il faut que vous sachiez où nous allons. Vous allez vous embarquer sur le bateau de mon frère, qui va toutes les semaines en France, à Isigny, chercher un chargement de beurre et d'œufs. Il part à l'aube, nous n'avons pas beaucoup de temps pour gagner Littlehampton, d'où part son bateau. C'est un petit port où l'on ne vous cherchera pas.

– Vous croyez que le policeman qui m'accompagnait ...

– Il a dû faire son rapport, à présent, mais il lui a fallu attendre la station suivante, car le train ne s'est pas arrêté et a continué avec lui. Allons, en route, et cachez-vous bien!»

Nous n'eûmes guère besoin de cette recommandation: le froid était très vif. Quand nous passions notre langue sur nos lèvres, nous sentions un goût de sel: nous approchions de la mer. Puis, nous vîmes une lueur qui éclairait le ciel à intervalles réguliers: c'était un phare, nous approchions.

Enfin, Bob arrêta la voiture dans un chemin de traverse, nous dit de l'attendre sans faire de bruit et disparut. Le temps nous parut long. Nous ne faisions pas le moindre mouvement. Enfin, nous entendîmes un pas dans le chemin: Bob revenait accompagné d'un grand gaillard vêtu d'une vareuse de toile cirée et coiffé d'un bonnet de laine.

«Voici mon frère! dit Bob. Il vous emmène en France. Adieu mes amis, je repars immédiatement, inutile qu'on sache que je suis venu ici. Mais nous nous reverrons un jour!»

Et sur une bonne poignée de main, il nous quitta.

Deux heures plus tard, le petit navire quittait le port et roulait affreusement sur la Manche.

CHAPITRE XXIV

Le Cygne

e lendemain soir, nous étions à Isigny! Mattia était à demi mort de mal de mer. Et il regarda un peu de travers l'excellent capitaine de l'*Eclipse*, le frère de Bob, quand il nous mit à quai et nous serra la main en disant:

«Quand vous voudrez revenir en Angleterre, à votre service!»

Nous n'en remerciâmes pas moins avec effusion cet excellent homme!

Nous étions donc sur le quai, en sécurité, en France, riches encore de notre recette du champ de course, que Bob avait remise à Mattia, et avec nos instruments de travail, car Mattia avait mis dans la charrette ma harpe qui était restée dans la tente de Bob auprès de ma botte de paille.

Après conférence, nous achetâmes un vieux sac de soldat – mes affaires étaient restées, quant à elles, dans la voiture de la famille Driscoll – des bas, du savon, des aiguilles, du fil, et surtout, surtout, une carte de France!

«Bon, me dit Mattia tout guilleret d'être sur la terre

ferme, où allons-nous? Pour moi je n'ai pas de préférence, à condition de suivre les cours d'eau!

– Pourquoi, les cours d'eau?

– Oh! dit Mattia négligemment, c'est une idée que j'ai. Ton ami Arthur va mieux, à ce que nous savons, mais il n'est pas guéri, nous le savons également. Mme Milligan doit donc encore être sur *le Cygne*. Or, *le Cygne* ne peut traverser la mer. Conclusion: il est encore en France. Cherchons *le Cygne* et nous retrouverons Mme Milligan!

– Mais Lise, Étiennette, Benjamin, Alexis?

– Nous les verrons au passage. Quel est le fleuve le plus proche? La Seine? Très bien! Remontons la Seine et demandons si on a vu *le Cygne*!»

Cela m'ennuyait beaucoup: si la police anglaise me cherchait en France, c'était bien évidemment à Paris qu'elle me chercherait en premier!

«Nous pouvons éviter Paris, me concéda Mattia, après tout, je ne tiens pas non plus à revoir Garofoli!»

Il fallait aussi penser à Capi qui était vraiment affreux, en jaune. Nous achetâmes du savon mou, mais la teinture de Bob était de première qualité, et il fallut plusieurs semaines de lessivage pour qu'il redevienne vraiment blanc.

Par Bayeux, Caen, et Pont-Audemer, nous arrivâmes à la Seine. Nos questions restaient sans réponse. C'est là que j'appris ce que signifiaient véritablement une «réponse de Normand»:

«C'est-y un batiau du Havre ou *un batiau* de Rouen?» nous répondait-on. «C'est-y un bachot? Une pinasse? Un chaland?»

À Rouen, les résultats ne furent pas meilleurs. Bref, il nous fallut cinq semaines pour aller d'Isigny à Charenton. Là, nous étions bien embarrassés: fallait-il suivre la Seine ou la Marne? Mais en même temps, coup de chance! Un marinier nous dit qu'il croyait bien se rappeler avoir vu un chaland correspondant à notre description qui remontait la Seine. Ce bateau portant une maison à véranda l'avait frappé. Il y avait deux mois de cela. C'était beaucoup d'avance, mais c'était une chance inespérée. Nous remontâmes la Seine. À Moret, où le Loing se jette dans la Seine, nous apprîmes que le Loing n'est pas navigable. Nous continuâmes. À Montereau, on nous dit qu'il avait remonté l'Yonne. On se souvenait très bien que le bateau avait à son bord une dame anglaise et un jeune garçon étendu sur un lit. Et ainsi, questionnant tout le long du chemin, nous sûmes que *le Cygne* remontait toujours l'Yonne: c'était merveilleux! Cela nous menait tout droit à Dreuzy!

Nous courions presque sur la route! Nous ne donnions plus que peu de temps à nos représentations, au grand étonnement de Capi! Les recettes baissaient, naturellement, mais nous avions encore une assez bonne partie de nos quarante francs. «Je voudrais bien, me disait parfois Mattia, que Mme Milligan ait encore cette cuisinière qui faisait des crèmes et des tartes, ce doit être rudement bon, les tartes! Je suppose que cela ressemble au chausson aux pommes que j'ai mangé une fois, mais meilleur!»

Enfin, nous arrivons à Dreuzy! Nous courons vers la maison de la tante Catherine! Nous frappons à la porte comme des sourds!

Une femme inconnue ouvre la porte, l'air irrité de ce tapage.

«Pardon, Madame, dis-je interdit, nous cherchons Mme Suriot?

– Ah! dit-elle, l'ancienne éclusière? Elle est en Égypte!

– En Égypte? nous écrions-nous en même temps.

– Eh oui! Après la mort de son mari, qui s'est noyé...

– Noyé?

– Le pauvre homme est tombé à l'eau et est resté accroché à un clou. C'est fréquent dans notre métier. Eh bien, après la mort de son mari, elle ne pouvait pas faire l'écluse toute seule, n'est-ce pas? Alors on lui a offert de partir en Égypte pour s'occuper des enfants d'une dame, et elle est partie.

– Avec Lise? fais-je d'une voix étranglée.

– Ah! la petite Lise? La petite muette? Pour cela non, c'est même ce qui lui a permis de partir. Une dame anglaise qui avait un enfant malade s'est arrêtée ici il y a six semaines, elle a vu la petite, qui était bien mignonne, elle s'est entendue avec Catherine Suriot, et elle l'a emmenée avec elle en disant qu'elle la ferait guérir. Mais au fait, vous ne seriez pas le garçon, comment s'appelait-il, déjà, que la petite voulait qu'on prévienne ?

– Rémi, dis-je.

– C'est cela, Rémi! Ah, bien! la petite devait m'envoyer son adresse pour vous la donner, si vous passiez par ici, mais je n'ai rien reçu!

– Et de quel côté sont-ils partis? demanda Mattia qui gardait la tête plus froide que moi.

– Oh bien, quelque part en Suisse, je crois!

– Merci beaucoup, Madame. En avant pour la Suisse!»

Cette fois, nous ne courions plus, nous volions! Nous n'avions plus le temps de manger, plus le temps de dormir! *Le Cygne* nous devançait de moins en moins, les réponses à nos questions se faisaient de plus en plus précises: *le Cygne* était passé à Chalon trois semaines plus tôt ; à Lyon il y avait quinze jours, à Culoz, douze! Et à Seyssel, ô surprise! ô délices! Nous vîmes *le Cygne* amarré à la berge!

Le voir et nous précipiter, ce fut tout un!

Hélas! *Le Cygne* semblait abandonné! Ce n'était plus qu'une coque vide!

«La dame anglaise? nous dit un homme, elle m'a chargé précisément de veiller sur le bateau! Elle reviendra à l'automne.

– Mais où est-elle? Pour l'amour du Ciel !

– Elle est partie en calèche avec ses enfants, pour Vevey, je crois, en Suisse. Ses domestiques l'ont suivie.»

Vevey? En Suisse? En quatre jours de marche forcée, nous y étions! Nos souliers n'avaient plus de semelles!

Hélas! Vevey n'est pas le petit village que j'imaginais, c'est un lieu de villégiature très étendu! Nous interrogeons à droite, à gauche, on la connaît, on ne la connaît pas, on croit la connaître. Nous cherchons dans les environs, jouant au hasard dans les rues, ou plutôt entre les murs des villas. Maudits murs, qui empêchaient les gens de nous entendre et de gagner les quelques sous dont nous avions tant besoin!

Nous donnions ainsi un concert à peu près sans espoir, jouant à rompre les cordes de nos instruments et chantant à tue-tête. J'avais hurlé la première strophe de ma chanson napolitaine, je préludai pour le second, quand soudain par-dessus le mur, j'entends un cri aigu et une voix étrange chanter bizarrement la suite: *Vorria arreventare no picinotto...*

Sidérés, nous nous regardons, Mattia et moi:

«Qui est-ce? fait Mattia, ton ami Arthur?»

Mais je connaissais bien la voix d'Arthur:

«Qui chante ainsi?» criai-je.

Et la voix répondit: «Rémi !»

Je restai stupide! Un mouchoir blanc s'agitait au bout d'un bâton par-dessus la haie! Je ne fis qu'un bond jusqu'à cette haie, j'en écartai les branches de force, je passai la tête à travers, et devant moi, je vis... Lise ! Lise qui ouvrit la bouche et dit en me voyant, de cette extraordinaire voix rauque : « Rémi ! C'est toi ! »

Lise parlait! Lise était guérie! Le grand choc s'était enfin produit. J'en aurais pleuré! Mais ce n'était pas le moment de s'attendrir:

«Ma petite Lise, dis-je, où est Mme Milligan?»

Mais elle parlait depuis trop peu de temps, seuls des sons inarticulés sortirent de ses lèvres. Mais mes yeux furent attirés par ce que je voyais à quelques distances derrière elle : Mme Milligan s'avançait dans l'allée, avec Arthur dont un domestique poussait la petite voiture et auprès d'eux... M. James Milligan ! Je reculai terrifié :

«Silence! dis-je à Lise à voix basse ; je reviendrai! Mais je t'en prie, ne dis à personne que tu m'as vu, ou je suis perdu!»

Nous nous rejetâmes vivement derrière la haie qui se referma sur nous.

«Dis donc, me dit Mattia avec décision, M. Milligan ne me connaît pas, moi! Reste caché, je vais aller la voir quand elle aura fini sa promenade. Elle décidera ce qu'il faut faire.»

Et il partit à grandes enjambées.

Je l'attendis longtemps, assis dans l'herbe, Capi couché à mes pieds. Et puis tout à coup, je vis une robe claire qui approchait rapidement: Mme Milligan se précipitait vers moi!

Je saisis la main qu'elle me tendait, je l'embrassai respectueusement, mais elle me prit dans ses bras et m'embrassa sur le front. Puis elle souleva mes cheveux, me regarda avec émotion en disant:

«Il n'y a aucun doute! Pauvre, pauvre malheureux enfant! Votre camarade m'a rapporté des choses extrêmement graves sur une certaine famille Driscoll et un certain M. James Milligan. Voulez-vous me raconter cela en détails?»

Jamais personne n'avait écouté ce que je disais avec autant d'attention!

«Tout ceci est d'une extrême gravité, me dit-elle finalement d'un air soucieux. Arthur est sûrement en danger, et vous aussi, bien certainement. En attendant que j'aie vérifié certains points, vous irez tous les deux dans deux heures à l'hôtel des Alpes, à Territet, où une personne sûre va vous retenir des chambres et veiller à vos besoins. C'est là que nous nous reverrons.»

Deux heures plus tard, nous étions à l'hôtel indiqué. Le grave maître d'hôtel en habit noir qui nous reçut fit semblant de ne pas s'étonner de notre costume de musicien ambulant, de nos rubans, de nos peaux de mouton, et nous mena à nos chambres. Nous n'avions jamais rien vu de si beau. Gravement, le maître d'hôtel nous demanda ce que nous voulions pour le dîner:

«Avez-vous des tartes? demanda Mattia.

– Certainement, tartes à la rhubarbe, aux fraises, aux groseilles...

– Fort bien, dit Mattia d'un ton de grand seigneur, faites-nous porter de ces tartes. Toutes les trois. Pour le reste, comme vous voudrez!»

Le lendemain, Mme Milligan vint nous voir, accompagnée d'un tailleur qui prit nos mesures. Elle était bouleversée de la guérison de Lise.

Cinq jours plus tard – après une orgie de tartes de la part de Mattia – une femme de chambre que j'avais vue jadis sur *le Cygne* vint nous chercher de sa part. On nous introduisit dans un salon de la villa, où se trouvait Mme Milligan, Arthur sur sa planche et Lise. Lise me sauta au cou, Arthur me tendit les bras, Mme Milligan m'embrassa.

«Pauvre enfant, dit-elle, vous allez enfin reprendre la place qui est la vôtre! Faites entrer M. James Milligan!» dit-elle en se tournant vers la domestique.

À ce moment, la porte s'ouvrit et je pâlis en voyant paraître M. James Milligan en personne, souriant de son sourire de loup. Mais en m'apercevant, son sourire se figea et il devint livide.

«Je vous ai fait appeler, Monsieur, dit Mme Milligan d'une voix lente, pour vous présenter mon fils aîné que j'ai eu le bonheur de retrouver enfin. Je crois savoir que vous le connaissez déjà, puisque vous avez eu la bonté de vous rendre chez l'homme qui l'avait volé afin de vous informer de sa santé.

– Comment? balbutia M. James Milligan.

– Cet homme est aujourd'hui en prison pour vol, continua Mme Milligan froidement. Il a fait des aveux complets par écrit. Et j'ai d'autres témoins et pièces à conviction, comme les langes gardés par l'excellente femme qui avait recueilli mon enfant.

– Nous verrons ce que les tribunaux penseront de cela! grinça M. Milligan au comble de la rage.

– Comme il vous plaira! dit celle que je pouvais enfin appeler ma mère, pour moi, je n'y conduirai pas celui qui a été le frère de mon mari!»

M. James Milligan sortit en grinçant ses dents pointues et nous éclatâmes tous en sanglots.

CHAPITRE XXV

En famille

ue dire d'autre? J'écris ces lignes à Milligan-Park, notre manoir ancestral, en Angleterre. Le petit musicien vagabond que le vieux Vitalis entraînait au son de son fifre sur les grands-routes de la France habite un château que tous les guides mentionnent en disant «Vaut le détour».

Bien sûr, j'ai épousé Lise: nous allons baptiser notre premier enfant, le petit Mattia. Son parrain arrive demain: le célèbre violoniste italien, ancien élève de Garofoli, a annulé plusieurs concerts pour venir. Pauvre Mattia! Encore une traversée de la Manche! Deux, même! avec le retour! Je ne suis pas peu fier de lui avoir donné ses premières leçons de musique!

Mais Mattia souffrira de bon cœur, je crois, car il amène avec lui sa petite sœur Cristina. Elle a dix-neuf ans, sa petite sœur Cristina, et – c'est encore un secret – je crois qu'Arthur, qui est complètement guéri, en est tout à fait amoureux!

Mais nous attendons d'autres personnes: Mère Barberin, d'abord, qui arrive de France pour s'occuper définitivement de notre enfant! Et le père Acquin, qui est depuis longtemps sorti de prison et qui a retrouvé un grand jardin près de Paris à Sceaux. Benjamin arrive des Antilles, c'est un jeune botaniste déjà célèbre. Et Alexis, et Étiennette! Et Bob arrive aussi de Londres! Bref, tout le monde sera là, même le vieux Capi, qui est bien paresseux, à présent, mais malgré ses rhumatismes, il salue encore gravement la patte sur le cœur!

Il ne va manquer qu'une personne de ceux que j'aime ou que j'ai aimé: le cher, le grand, l'indomptable Carlo Balzani, mon bon vieux maître Vitalis, qui mourut pour avoir eu pitié de moi. Mais il vivra toujours dans nos cœurs.

TABLE DES MATIERES

N° d' éditeur 10182059
ISBN: 978-2-26-140412-4
Dépôt légal : janvier 2012
Impression et reliure en Italie par Rotolito Lombarda

Conforme à la loi n° 49-956 du 16 juillet 1949 sur les publications destinées à la jeunesse